Karl Hayo von Stockmayer

Das deutsche Soldatenstück des XVIII. Jahrhunderts

Seit Lessings Minna von Barnhelm

Karl Hayo von Stockmayer

Das deutsche Soldatenstück des XVIII. Jahrhunderts
Seit Lessings Minna von Barnhelm

ISBN/EAN: 9783744626484

Hergestellt in Europa, USA, Kanada, Australien, Japan

Cover: Foto ©Andreas Hilbeck / pixelio.de

Weitere Bücher finden Sie auf **www.hansebooks.com**

LITTERARHISTORISCHE

FORSCHUNGEN.

HERAUSGEGEBEN

VON

Dr. JOSEF SCHICK,
o. ö. Professor an der Universität
München.

UND

Dr. M. Frh. v. WALDBERG,
a. o. Professor an der Universität
Heidelberg.

X. Heft

KARL HAYO VON STOCKMAYER

DAS DEUTSCHE SOLDATENSTÜCK DES ACHTZEHNTEN
JAHRHUNDERTS
SEIT LESSINGS MINNA VON BARNHELM

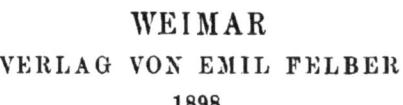

WEIMAR
VERLAG VON EMIL FELBER
1898

DAS
DEUTSCHE SOLDATENSTÜCK
DES XVIII. JAHRHUNDERTS

SEIT

LESSINGS MINNA VON BARNHELM

VON

KARL HAYO VON STOCKMAYER

WEIMAR

VERLAG VON EMIL FELBER

1898

Hermann Allmers

in Verehrung und Freundschaft

zugeeignet.

Vorwort.

Vorliegende Studie ist auf Anregung Herrn Professors
Max Freiherrn von Waldberg entstanden und schulde
ich demselben wärmsten Dank für das Interesse, mit dem
er den Fortgang der Arbeit begleitet und gefördert hat.
Bei der Herbeischaffung des zu berücksichtigenden Materials
bin ich aufs bereitwilligste unterstützt worden von der
Universitätsbibliothek in Heidelberg, der Grossh. Hofbib-
liothek in Darmstadt und der K. Staatsbibliothek in Stuttgart, ferner von den Bibliotheken der Hoftheater in Stuttgart und Karlsruhe. Mit aufrichtiger Dankbarkeit gedenke
ich auch des Herrn Geh. Hofrats Professor Joseph
Kürschner in Eisenach, der mir in uneigennütziger Weise
die Schätze seiner Privatbibliothek zur Benützung an Ort
und Stelle überliess.

Das bibliographische Verzeichnis im Anhang giebt den
Massstab für den Umfang der der Arbeit zu Grunde liegen-
den Einzelstudien. Es enthält allerdings weit mehr Stücke,
als in der Untersuchung selbst zur Sprache kommen konnten,
da es in chronologischer Ordnung eine möglichst voll-
ständige Aufzählung der zu dem behandelten Thema in
Beziehung stehenden dramatischen Litteratur überhaupt
geben soll. Die Zusammenstellung dieser bibliographischen
Uebersicht erfolgte nach dreierlei Gesichtspunkten; es sind
vertreten: eigentliche Soldatenstücke. ländliche

Dramen und Dramen aus dem bürgerlichen Kreis.
Bei der Sammlung der ersteren habe ich die denkbar
grösste Vollständigkeit angestrebt und ohne Unterschied
alles herangezogen, was den Namen eines militärischen
Dramas rechtfertigte. (Ist mir dies mit Vermeidung allzu
fühlbarer Lücken gelungen, so scheint freilich mein ganzes
Verdienst nur darin zu bestehen, dass ein kleiner Bruch-
teil der bei Gödeke verzeichneten Bühnenlitteratur von
einem bestimmten Gesichtspunkt aus ausgewählt und zu
einer engeren Gruppe zusammengefasst wurde. Denn mit
wenigen Ausnahmen finden sich jene Stücke auch in Gödekes
Grundriss zur Geschichte der deutschen Dichtung 2. Aufl.
Bd. 4 (1891) und Bd. 5 (1893). Wie mühsam aber die
Jagd nach Autorennamen ist, wenn man es häufig mit erbärmlich gedruckten, schlecht erhaltenen anonymen Text-
büchern oder blossen Titelangaben der Stücke in Theater-
zeitschriften zu thun hat, das entzieht sich freilich einer
späteren Beurteilung.)

Die satirischen und politischen Lustspiele eines Julius
von Voss sind nur des Gegensatzes wegen angereiht und
weil sie zugleich am besten den Niedergang der einst
herrschenden litterarischen Mode bezeichnen. Bei den
Stücken im Stil des „dankbaren Sohnes" von J. J. Engel
und den bürgerlichen Dramen konnte ich mich nicht, wie
mitunter bei den Soldatenstücken, auf blosse Titelangaben
verlassen. Hier musste eine eingehende Lektüre feststellen,
inwieweit darin verwendete militärische Motive und Figuren
zur Berücksichtigung und zur Aufnahme in dem Verzeichnis
berechtigten. (Einige wenige Stücke, die mir nicht zu-
gänglich gewesen und aus deren Titel nicht mit Sicherheit
auf den Inhalt zu schliessen war, sind mit Fragezeichen
versehen.) Der Abschlusstermin ist hier willkürlicher als
in den Soldatenstücken festgesetzt. Doch ging ich im allgemeinen darauf aus, die Weiterwirkungen aus den sieb-

ziger und achtziger Jahren zu verfolgen und Halt zu
machen vor einer dramatischen Periode, wo das soldatische
Charakterbild verblasste und sich loslöste von der Wirkungssphäre, in der es das letzte Drittel des 18. Jahrhunderts
mit Vorliebe sah. Immerhin liesse sich über die Notwendigkeit der Aufnahme mancher Stücke aus der Iffland-
Kotzebueperiode streiten, die auf direktem Wege nicht mehr
an den Namen Lessings oder seiner nächsten Nachahmer
angeknüpft werden könnten. Für die Untersuchung selbst
wäre es jedenfalls nicht erforderlich gewesen, die Sammlung von Material über die Wende der beiden Jahrhunderte
hinaus fortzusetzen. Für die bibliographische Aufzählung
aber gaben den Ausschlag Kotzebue und Iffland, die nach
Prinzip und Wirkung ihrer Dichtwerke unstreitig noch
diesseits der Grenzscheide stehen.

Die guten Dienste, die mir der 4. und 5. Band von
Gödekes Grundriss geleistet hat, möchte ich durch einen
kleinen Beitrag an Ergänzungen und Verbesserungen ver-
gelten, die zwar häufig von geringer Wichtigkeit sind, im
Interesse der Zuverlässigkeit und Vollständigkeit des un-
schätzbaren Werkes aber nicht unwillkommen sein werden.
Dieselben beziehen sich auf Anmerkung 32 im Anhang
und auf folgende Nummern (nebst den Anmerkungen) des
bibliographischen Verzeichnisses: 13. 20. 21. 23. 25. 27.
31. 43. 46. 49. 56. 57. 92. 95. 96. 109. 117. 123. 129.
153. 154. 157. 162. 165. 167. 176. 181. 183. 188. 198.
207. 235 und 242.

Stuttgart im Februar 1898.

Karl Hayo von Stockmayer.

Inhalt.

Einleitung.

Der nationale Gehalt, den die dramatische Poesie im
letzten Drittel des 18. Jahrhunderts in Deutschland gewonnen hatte, durch den sie in den stärksten Gegensatz
zum Regelzwang und Stelzengang des französischen Dramas
getreten war, ist ein Werk von Lessings „Minna von Barnhelm" und Goethes „Götz von Berlichingen". Das Streben
nach Darstellung natürlicher Vorgänge und Handlungen
und einfacher, glaubhafter Charaktere erhält die festeste
Basis dadurch, dass diese ganze neuentdeckte Welt, in der
wir handeln und leiden. lieben und hassen, auf vater-
ländischen Boden versetzt wurde. „Deutsche Geschichte,
deutsche Helden, eine deutsche Szene, deutsche Charaktere,
Sitten und Gebräuche waren etwas ganz Neues auf deutschen Schaubühnen. Was kann nun natürlicher sein, als
dass deutsche Zuschauer das lebhafteste Vergnügen empfin-
den mussten, sich endlich einmal, wie durch eine Zauberrute. in ihr eigen Vaterland, in wohlbekannte Städte und
Gegenden, mitten unter ihre eigenen Landsleute, in ihre
eigene Geschichte und Verfassung, kurz unter Menschen
versetzt zu sehen, bei denen sie zu Hause waren und an
denen sie, mehr oder weniger, die Züge, die unsere Nation
charakterisieren. erkannten?" [1]).
   Die Zauberrute war gefunden, die für Geschmack und
Neigung der Zeit die ergiebigste Quelle erschliessen sollte.

Welcher dramatische Dichter fühlte sich nun nicht dazu
berufen, sich ihrer zu bedienen, um mit grösserem oder
geringerem Geschick hier einen frommen deutschen Ritters-
mann voll Thatendurst und Adel der Gesinnung, dort einen
für König und Ehre glühenden, stolzen und doch weich-
herzigen Soldaten ins Leben treten zu lassen? Wilde
Freiheitslust und kecker Revolutionsgeist so gut wie un-
bändiger Thatendrang und derbes Kraftgefühl gedieh aus
der Saat der unzähligen Ritterdramen zum üppigsten
Wachstum; warmer Patriotismus, hochgesteigertes Ehrbewusstsein und Pflichtgefühl spiegelte in den Soldatenstücken wieder, was man gelernt hatte von einer jüngsten
grossen Vergangenheit, die im Deutschen das Vertrauen
auf die eigene Kraft und Tüchtigkeit vielfach erst wieder
geweckt hatte.

So leicht es nun ist, aus der dramatischen Litteratur,
namentlich der achtziger Jahre, einzelne Gattungen, oft
schon nach bloss äusserlichen Kennzeichen, abzugrenzen,
so würde man um Ermittelung einer Gefolgschaft der
„Minna“ in Verlegenheit sein. Gemeinhin pflegt man die
sogenannten Soldatenstücke auf Lessings „Minna“ zurückzuführen, wie man etwa die Stücke mit englischen Eigen-
namen als Titel, oder dem Beisatz „bürgerliches Trauerspiel“ mit der „Miss Sarah Sampson“ in Beziehung setzt,
oder solche mit dem Attribut „historisch, vaterländisch
oder romantisch“ als eine Frucht von Goethes „Götz“
kennzeichnet. Was man aber gewöhnlich „Soldatenstück“
nennt, nämlich ein Drama mit überwiegend militärischen
Motiven, steht meist in ganz vager Beziehung zur „Minna“
und verdankt ihr nichts weiter als die Anregung. Die
von dem Meisterwerk ausgehende Anregung aber ist es
gerade, die sich den weitesten Kreisen mitteilte und be-
deutungsvoll wurde für die litterarische Produktion des
nächsten Vierteljahrhunderts. Lessings „Soldatenglück“,

diese wahrste Ausgeburt des siebenjährigen Krieges, wie
Goethe es nannte, war ein genialer Fingerzeig für eine
hochempfängliche Zeit, indem er sie hinwies auf die ausser-
ordentliche poetische Kraft, die den nächstliegenden Ereig-
nissen und den populärsten Typen des Friedrizianischen
Zeitalters innewohnte. In ausgedehntestem Masse machte
sich das Soldatenstück im engeren Sinne, oder wie man
es gleich von seinem Beginn an nennen kann, das Soldaten-
lärmstück, diesen Fingerzeig zu nutze. Als Mustern aber
folgte es Dramatikern weit geringeren Ranges. Ueber-
blickt man aber das ganze Gebiet des Dramas, das seinen
Schauplatz in der Gegenwart und in bürgerlichen Kreisen
hatte, so stösst man allenthalben auf Elemente, die auf
Lessings „Minna" zurückzuführen sind. Man erhält ein
klares Bild davon, wie eine kühne Geistesthat auf Anschauungen und Gedanken der Mitwelt wirkt, wie jeder Berufene
oder Unberufene teilnimmt, um sie zum geistigen Allgemein-
gut zu machen, wie man Anleihen macht als Lernender
bei dem anerkannten Meister und, bewusst oder unbewusst,
seinen Stoff durchdringt mit bewährten Ideen und Motiven,
die zu stehenden Formen geworden, die brauchbarsten Bausteine für fremde Arbeit liefern.

So gehen die Einwirkungen der „Minna von Barnhelm" auf zwei verschiedene Gebiete auseinander. Die
eine Gattung, an den Nebentitel „Soldatenglück" anknüpfend, beschäftigte die Schaulust eines sensationsfrohen
Publikums mit bunten Szenen aus dem Soldatenleben, hob
das Pathos der Standesehre in spannenden Konflikten
zwischen Dienst- und Privatrücksichten hervor und stellte
exemplarische Standesvertreter auf die Bretter, so lange
das Soldatenspiel nur irgendwie als Wiederhall einer
kriegerisch bewegten Zeit und ihres Heldenkults gelten
konnte. Die andere Gattung beschränkte sich auf den
Kreis des häuslichen Lebens und der alltäglichen Erfahrung,

pflegte die nüchternen Bilder der „Werkelwelt" und setzte hiermit die von Lessing angebahnte Richtung des bürgerlichen Dramas fort, zwar im Sinne Lessings — wie Hettner sagt — aber ohne Lessings schöpferischen Geist. Zweck dieser Untersuchung wird nun sein, einmal die von der „Minna" ausgegangenen Anregungen im allgemeinen zu skizzieren, d. h. ihren von Goethe gerühmten spezifisch temporären Inhalt in der dramatischen Dichtung der Zeit zu verfolgen. Die Aufmerksamkeit wird sich hier wesentlich auf die von Lessing zunächst inspirierten Dichter konzentrieren, die ihrerseits wieder zu Vorbildern geworden sind. Im Anschluss hieran ist näher einzugehen auf Verwandtschaft und Abhängigkeit der einzelnen Autoren untereinander. — In zweiter Linie soll dann die unmittelbare Einwirkung der „Minna" auf das zeitgenössische Drama gekennzeichnet werden, indem Lessingsches Gut und Eigentum in den Schauspielen der nächsten Jahrzehnte nachgewiesen wird. Hier ist weiter auch die Umbildung und verschiedenartige Verwendung einzelner Motive ins Auge zu fassen. Als zeitliche Grenze wird sich im grossen Ganzen das Zeitalter Friedrichs des Grossen ergeben, in dem die hier zu berücksichtigende dramatische Dichtung wurzelt und von dem sie ihren ethischen und realen Gehalt empfangen hat.

Ein näheres Eingehen auf die von der „Minna" angeregte dramatische Produktion wird eine kurze Darstellung derjenigen typischen Charaktere erleichtern, die von da an mit zum eisernen Bestand des Schauspielapparates gehörten und mehr oder weniger modifiziert auf Schritt und Tritt dem Leser begegnen.

Grundtypen des militärischen Dramas. Der beliebteste und populärste Typus ist nach dem siebenjährigen Kriege im Leben wie in der Dichtung der Offizier[2]). In letzterer ist er das Urbild männlicher

Vollkommenheit. Ehrgefühl im höchsten Masse und sicheres Auftreten müssen ihm eigen sein in einem Staate, dessen ersten Stand er repräsentiert. Die Offiziere aller Rangstufen sind miteinander verbunden durch gleiches Metier, gleiche Ziele, durch gemeinsame Beschwerden und Gefahren. Eifrige Hingabe an den Beruf erwirbt Achtung und Freundschaft. Im Dienste sind jedem die Grenzen seiner Gewalt und das Mass seiner Pflichten vorgezeichnet; Subordinationsgefühl und Disziplin sind darum dem Geiste tief eingeprägt. Die stete Nähe der Gefahr entwöhnt aller Kleinlichkeit und Weichlichkeit. Daher · auch ist Grossmut und Mitleid dem Soldaten um so natürlicher, als er Eigennutz und Gewinnsucht verlernt hat. (Lessing tröstete den Major v. Kleist, als er 1757 das Feldlazareth in Leipzig verwalten musste, während sein Thatendurst nach dem Schlachtfeld verlangte, mit Xenophons Wort: die tapfersten Männer sind auch die mitleidigsten.) Die stete Bereitschaft zu handeln schafft Vertrautheit mit den Verhältnissen der Welt und Kenntnis der Charaktere, sie macht die Handlungen selbst freimütig, das Urteil sicher und einsichtsvoll. Der Offizier ist sich dieser Vorzüge genau bewusst. Wo daher die Dinge seinem Programm zuwiderlaufen, lehnt er sich auf in ehrlichem Zorn. Daher die zahlreichen jungen Heisssporne und alten Polterer, daher auch bei letzteren die Neigung zu Eigensinn und Grillenhaftigkeit, die doch ihren Ursprung in sittlichen und vernünftigen Motiven hat. Freundschaft und Zuneigung verbindet ausserhalb des Dienstes Kameraden von gleicher, wie von der verschiedensten Rangstufe. Häufig besteht ein Pietätsverhältnis zwischen einem jugendlichen Offizier und einem in Waffen ergrauten Krieger. Unter Kameraden, die Zeugen bedeutsamer Vorfälle waren, erinnert sich der Offizier gerne eigner und fremder Verdienste. Renommisterei aber und Ruhmredigkeit von Narben und Blessuren sind sekundäre Eigenschaften — das einzige Ueberbleibsel des alten Gloriosus —, die weit mehr den Haudegen vom Range des Wachtmeisters oder Unteroffiziers kennzeichnen. Und mit einem solchen, mag er auch Oberst oder General heissen, hat man es wohl auch zu thun, wo ein Verfasser einzelner derber Züge zum besten seines Dramas nicht glaubte entraten zu können.

Der Typus des Soldaten aus dem Volk — Wachtmeister, Korporal oder Unteroffizier — stellt sich dem des Offiziers, nicht minder liebevoll und lebendig charakterisiert, an die Seite. Der Untergebene hat die Tüchtigkeit seines Vorgesetzten im wechselvollen Kriegsleben schätzen gelernt und im Augenblicke der Gefahr, wo die Rangunterschiede schwinden, der Mensch den reinen Menschen zu schauen bekommt, hat er dessen persönliche Eigenschaften, Tapferkeit, Geistesgegenwart und Hilfsbereitschaft, tief sich ins Gemüt geprägt und sieht von nun an in ihm nur noch den vergötterten Helden, dem er sich mit treuester Ueberzeugung unterordnet und dessen Lob seinen höchsten Stolz ausmacht. Die Fülle gemeinsamer Erinnerungen und das Bewusstsein gegenseitiger Verpflichtungen erheben ihn zu dem Range eines Vertrauten. Er geniesst den Vorzug, mit dem Vorgesetzten geradeaus und ohne Umschweife reden und seine Meinung äussern zu dürfen selbst auf die Gefahr hin, Widerspruch und Uebellaune hervorzurufen. Er rühmt sich seines Handwerks oft mit lehrhafter Weitschweifigkeit und auch gelegentlicher Uebertreibung da, wo er Glauben findet und kopiert seinen Herrn dreist auf seine Art jedem gegenüber, der ihm bürgerlich demütig und blöde naht oder den Respekt vor des Königs Rock ausser Acht lässt.

Man sieht, über eine allgemeine Charakteristik des Lessingschen Paul Werner ist hier nicht hinauszukommen und thatsächlich sind auch in dieser so ziemlich alle Züge

erschöpft, die spätere Nachahmungen im einzelnen irgendwie verwendet haben. Es spricht dies für die absolute
Lebenswahrheit dieser Lustspielfigur, und zugleich geht
daraus hervor, dass der wahre und eigentliche Lebens-
gehalt, den Goethe dem Lessingschen Werke nachrühmt,
am unmittelbarsten und verständlichsten in diesem preussischen Wachtmeister zu Tage tritt. Es genügt denn auch,
zu konstatieren, dass derselbe unzählige Kameraden im
Lustspiel erhalten hat, die alle im Hinblick auf die Popu-
larität und die Bühnenwirksamkeit dieser einen Figur ins
Leben gerufen wurden [3]).
    Unter den Menschen, mit denen der Soldat in Be-
rührung kommt, bildet das stärkste Gegengewicht die
Klasse von gewerbsmässigen Beutelschneidern, denen der
Krieg und seine Folgen Vorschub leisten für unlauteren
Gewinn. Just charakterisiert sie in einer seiner derben
Apostrophen: „Warum waret ihr denn im Kriege so ge-
schmeidig? Warum war denn da jeder Offizier ein wür-
diger Mann und jeder Soldat ein ehrlicher braver Kerl?
Macht euch das bischen Frieden schon so übermütig?“
Derlei Figuren erscheinen am häufigsten in der beliebten
Maske des eigennützigen Wirts, des hartherzigen Wucheres
oder des betrügerischen Armeelieferanten. Sie tragen
vielfach die Züge des unterwürfigen Pedanten, einer
Karrikatur des bürgerlichen Standes, die auch oft als rein
komische Figur erscheint, um die zeremoniöse Weit-
schweifigkeit und lächerliche Blödigkeit des beschränkten
Philistertums in Gegensatz zu bringen zu der militärischen
Dreistigkeit und Geradheit im Auftreten.
    Zuletzt ist noch ein Blick auf den Landmann zu
werfen. Im Bauernstande ist der Patriotismus und die
Unverdorbenheit der Sitten und Denkungsart zu Hause.
Gesunde Moral, Einfachheit, Frömmigkeit, kurz alle
Tugend und Kraft des Volkes konzentriert sich hier.

Bauer und Soldat passen gut zusammen und werden auch häufig genug in Berührung gebracht, denn aus diesem Kern des Volkes kommen dem Könige die besten Soldaten. Ueber das ländliche Genre als selbständige dramatische Gattung wird mehr zu sagen sein bei Besprechung von J. J. Engels „Dankbarem Sohn" und dessen zahlreichen Nachahmungen.

Die ersten Anregungen der „Minna von Barnhelm".
Brandes, Stephanie, Engel und deren Nachahmer.

Die siebziger Jahre sind noch ungleich ärmer an dramatischen Erzeugnissen, als das folgende Jahrzehnt. Erst von 1780 an beginnt eine dramatische Hochflut die Bühnen zu überschwemmen. Dagegen fallen in die vorhergehende Zeit die eigentlich typischen Erscheinungen des deutschen Theaters, die dem Drama nach Form und Inhalt seinen Charakter geben.

Die ersten Autoren, auf deren Produktionskraft der Weckruf der „Minna von Barnhelm" einwirkte, sind Joh. Chrn. Brandes, Stephanie der jüngere und Joh. Jak. Engel. Diese haben zuerst die neuerschlossene Quelle, jeder auf seine Weise, ausgebeutet und für die nächstfolgende Generation das Schaffen mit Lessings Ideen in ein gewisses System gebracht. Brandes hat im „Grafen von Olsbach" (und um vieles später im „Landesvater") bürgerliche Verhältnisse um den (entlassenen) Offizier gruppiert. Stephanie bildete die rein militärischen Motive aus. Engel im „Dankbaren Sohn" nützte deren patriotischen und sittlichen Gehalt und schuf als wirksame Grundlage hierzu das ländliche Genre, das seines Festspielcharakters wegen beliebt wurde und zahlreiche Nachahmer fand.

„Der Graf von Olsbach oder die Belohnung
der Rechtschaffenheit" von Brandes zeigt Lessingsche
Spuren zunächst in der Figur des Helden, eines verabschiedeten Offiziers. Wie Tellheim leidet er im geheimen
unter einem schweren Schicksal, das er geflissentlich,
freilich ohne einleuchtende Gründe, vor seinen teilnehmen-
den Angehörigen verbirgt. Sein Kummer wurzelt in einem
unglücklichen Kriegsereignis. Seine Gattin ist bei der
Verwirrung eines feindlichen Ueberfalls von ihm getrennt
worden und hat bei der dabei angerichteten Feuersbrunst
vermeintlich den Tod gefunden. Dieses romantische Motiv
der Trennung zweier Gatten (oder Liebenden) erfreute sich
in der Folge grosser Beliebtheit; es bot Gelegenheit, die
Totgeglaubten oder deren Kinder durch eine gütige Fügung
des Himmels wieder ans Tageslicht kommen zu lassen [4]).
Ein alter Freund Olsbachs, der verabschiedete Obrist
v. Stornfels, trägt unverkennbar die Züge Paul Werners.
Nach Brandes' Vorgang gab man einem alten polternden
Militär gerne die Rolle des Vertrauensmanns und Ratgebers,
der mit derben Wahrheiten freigebig, Trost oder Tadel
spendet und seine Glossen zu dem Gang der Dinge macht [5]).
In der Figur Juliens, Olsbachs Schwester, hielt sich
Brandes getreu an Lessingsche Vorbilder. Julie fasst den
verschlossenen bedrückten Bruder mit überlegen thuender
Munterkeit an, im Glauben, seine Schwermut mit spielender
Hand hinwegscheuchen zu können. Sie nimmt die Dinge
absichtlich leicht, um andere mit ihrem wohlwollenden
Leichtsinn anzustecken. Als ihr aber der Ernst der Lage
klar wird, macht ihre Teilnahme sie des thatkräftigsten
uneigennützigsten Beistands fähig. Ihr gelingt endlich die
Wiedervereinigung des unglücklichen Paares. So bringt
Brandes in dieser Figur den Charakter der Minna mit der
idealen Funktion der Franziska zusammen und gab damit
dem Familienstück eine später viel verwendete Figur. Man

schob nämlich zwischen die sentimentalen Liebenden die
schalkhafte zielbewusste Vermittlerin, die, als Rat in
Herzenssachen, der Heldin unbedingtes Vertrauen geniesst.
Um ihr aber hierzu eine eigentliche Vollmacht zu geben,
erhöhte man gewöhnlich ihren Stand und machte aus der
Dienerin eine nahe Verwandte. Im Hinblick auf Lessing
war dies aber ein Rückschritt. Denn durch die Standes-
erhöhung der Franziska ging man nur dem schwierigen
Problem aus dem Wege, mit feinem Takt das Verhältnis
der Herrin zur Dienerin in Einklang zu bringen mit dem
zweier vertrauten Jugendgespielinnen, so wie sich's bei
Minna und Franziska darstellt. Wo ersteres beibehalten
ist, da erscheint das Zöfchen doch immer noch in der alten
Tracht der schnippischen Lisetten. Auch herrschte die
Neigung für sentimentale und weichmütige Liebhaberinnen
derartig vor, dass die resoluten Eigenschaften der Minna
offenbar auf geringes Verständnis stiessen. Humor und
fröhliche Lebensauffassung überliess man denen, welchen
die Liebe weniger zu schaffen machte.

Ein rehabilitierter Lessingscher Wirt ist im Olsbach
die Frau Wandeln, die gutmütige Wirtin der Frau v. Orl-
heim, Olsbachs totgeglaubter Gattin. Zu dieser Figur hat
Frau Hebert aus Diderots „Hausvater" Modell gesessen,
wie ferner, — andere Aehnlichkeiten zu übergehen — die
heimliche Fürsorge Juliens für des Bruders Gattin, ehe
dieser von ihr weiss, lebhaft an die Aufnahme der Sophia
bei St. Albins Schwester Cäcilie gemahnt. Die schliessliche
Wiedervereinigung der Gatten wird, wie in unzähligen
andern Stücken, durch das triviale Mittel der angenommenen
Namen hinausgezögert, d. h. Verschollene treten unter
fremdem Namen wieder auf, sodass das gegenseitige Wieder-
erkennen zuerst immer auf Schwierigkeiten stösst. Auch
dieser schwache Notbehelf, dessen sich mittelmässige Au-

toren unermüdlich bedient haben, dürfte Diderots „Hausvater" zur Last zu legen sein [6]).

„Die abgedankten Offiziere" von Stephanie d. J.
sind nicht, wie man nach der Uebereinstimmung mit der
„Minna" um deretwillen es vorausgenommen wird, ver-
muten könnte, das erste Stück dieses flinken Lustspiel-
fabrikanten, das militärische Züge enthält. Diese finden
sich vielmehr, weit origineller, schon in dessen „Werbern".
Stephanies Charaktere aus dem niederen Soldatenstand sind
mitunter nicht ohne gewissen Reiz. Er hat sich Lessing's
Beispiel auf seine Art zu Nutze gemacht und das entdeckte
Gebiet mit Ausdauer kultiviert und ausgebeutet, wobei
ihm die eigene Erfahrung zu gute kam. Ehemals selbst
Soldat hat er das Soldatentreiben gut beobachtet und
daraus seine Fundgrube gemacht. Als militärischer Genre-
maler bildet er den Vorläufer und das Vorbild der Möller,
Hensler, Schikaneder etc., die das ergiebige Rumor- und
Spektakelstück in Flor brachten. Freilich ist sein Talent
mit der wirksamen Theatermache, die ihm flink von der
Hand ging, völlig erschöpft.

In den „abgedankten Offizieren" hat er nun Lessings
„Soldatenglück" dem Fassungsvermögen des Gallerie-
publikums angepasst. Tellheim heisst hier Graf Freaugeville, Minna Fräulein v. Goschenborn. Wessen ein mittel-
mässiger Verstand in der Verkennung der delikaten Beziehungen zwischen dem Lessingschen Liebespaar nur fähig
war, das alles wird hier mit bornierter Unbefangenheit
aufgetischt. Das Fräulein geht dem Vater durch, um dem
Geliebten nachzulaufen. Sie hat ansehnliche Summen bei
sich, um ihm aus der Verlegenheit zu helfen. Sie drängt
ihn, ihr Almosen anzunehmen [7]). Die unzarte plumpe
Art, mit der dies alles geschieht, stellt die Dame wirklich
in ein schlechtes Licht. Thatsächlich ist es auch Freaugeville, diesem trockenen, nüchternen Pedanten in Dingen

der Wohlanständigkeit, um einen Skandal bange. Er hat
sich ihrer zudringlichen Zärtlichkeit zu erwehren und möchte
die Entlaufene ihrem Vater, dem Minister Grafen Reichen-
thal, wieder zuführen. Für solches Wohlverhalten erhält
er dann auch am Schlusse nebst der Tochter, eine gute
Zensur von diesem andern Grafen Bruchsall: „Sie sind ein
rechtschaffener Mann, mit Recht stolz auf Ihre Verdienste,
dem Vaterlande und dem Könige aus edlem Antrieb treu,
in Ihrem Unglück gelassen, nicht kriechend. Sie prahlen
nicht mit Ihren Diensten, aber Sie wissen sich darauf zu
berufen, um nicht unterdrückt zu werden u. s. w." Einem
Tellheim gegenüber hätte der Graf dieses unbescheidene
Lob nicht gewagt. Der ritterliche sächsische Edelmann
in der „Minna" hatte allerdings auch keine bevormundende
Vaterrolle zu spielen, denn er war überzeugt, dass Minna
einem Unwürdigen ihre Hand nicht reichen könne und die
einfachen Worte, die er an Tellheim richtet: „Sie haben
meine völlige Hochachtung. Ich bitte um Ihre Freundschaft!" kommen dem beredsamsten Lobe gleich.

Dass man übrigens auch ohne das honnête des Standes
ein ganz wackerer Soldat sein kann, thut Stephanie dar
an Freaugevilles Gegenstück, dem abgedankten Hauptmann
Baron v. Kreuzen. Diesen hat die Not zum Spieler gemacht,
er treibt'sich in schlechter Gesellschaft herum, macht
Schulden über Schulden, borgt bei seiner Geliebten, der
Wirtstochter Louise und wünscht fortwährend seinen Stand,
sein Schicksal und seine Lebensart zum Teufel. Trotzdem
gehts ihm am Ende kaum minder gut, wie dem standhaften
und moralischen Kameraden. Louise wird seine Frau und
er erheiratet sich ihr schönes Vermögen. Bei dieser Art
von Versorgung klang dem Verfasser wohl kaum Tellheims
herbe Sentenz in den Ohren: „es ist ein nichtswürdiger
Mann, der sich nicht schämt, sein ganzes Glück einem
Frauenzimmer zu verdanken." Stephanies Moral lautet

vielmehr: der Soldat nehme sein Glück, wo er's findet.
Denn von der „wilden, liederlichen Lebensart" ist das
Metier nun einmal nicht zu trennen. Man sieht, wie ober-
flächlich und gedankenlos Stephanie bei der Nachahmung
seines unerreichten Vorbildes verfuhr. Durch die Ein-
führung des verwahrlosten Glücksritters, für den er Sympathie beansprucht und dem schliesslich alles nach Wunsch
gedeiht, schlägt er der simpeln Moral, die aus Lessings
„Soldatenglück" zu ziehen ist, geradezu ins Gesicht.
Abgesehen von dem moralischen Unfug, den er mit ihr
getrieben, ist ihm diese Figur wohlgelungen und ihre Lebens-
fähigkeit lässt sich nicht anzweifeln; — auch der Typus
des Leutnants Riccaud ist aus dem Vollen geschöpft! —
derlei Gesindel mag es häufig genug gegeben haben.

Von Stephanie datiert der folgenschwere Irrtum her,
dass das militärische Treiben als solches ein Recht auf
Bühnendarstellung habe. Man übersah dabei völlig die
patriotische und nationale Idee, die der Minna zu Grunde
lag, eine Idee, die die Wahl des Standes rechtfertigte,
während bei den Nachahmern die Idee dem Stande dienst-
bar gemacht wurde.

Stephanies erstes Soldatenstück, „die Werber", ist
eine freie Bearbeitung des „Recruiting Officer" von Farquhar (1706 erschienen) [8]. In Betracht kommen hier
namentlich die lose aneinandergereihten Szenen aus dem
Soldatenleben. Der Verfasser setzt seine Tendenz in der
Vorrede auseinander. Er schreibt, dass er versucht habe,
die deutsche Werbung vollkommen getreu, vielleicht nur
allzu getreu, nach der Natur abzubilden. Sein Lustspiel
soll als ein vielfaches Gemälde aus dem gemeinen Leben
zu betrachten sein, worin jede Person mit kenntlichen
Zügen gezeichnet sein muss und nicht nur eine Haupt-
person hervorstechen soll. Dies giebt ihm Anlass zu einer
Massenverwendung von Soldatencharakteren, die alle als

Typen aufgefasst und sorgfältig individualisiert sind. Ihr
gemeinsamer Grundzug ist die Treue und der Gehorsam
gegen den Vorgesetzten, das Ehrgefühl und das Bewusstsein des bevorzugten Standes. Derbrealistisch, aber wohlgelungen als Genrebild ist die grosse Werbeszene im 3. Akt.
Die Hauptbeteiligten sind der Wachtmeister Kittmann, die
Korporale Körbel und Kautzer. Kittmann ist's heilig ernst
mit seinem Handwerk. Das Bewusstsein seiner Würde
schaut ihm aus jeder Falte seiner funkelneuen Ordonnanz-
uniform; er ist Zoll für Zoll ein neugebackener Husaren-
wachtmeister. Körbel ist alt, invalide und etwas kindisch
geworden; seine kriegerische Vergangenheit lässt seiner
Geschwätzigkeit keine Ruhe, zumal er's ehemals viel besser
hatte, als jetzt. Das Werbegeschäft ist nicht nach seinem
Geschmack und er ergeht sich in beredten Klagen darüber.
Sein grauer Kamerad, der Korporal Kautzer, tritt noch
bedeutend schneidiger auf; er wird selbst gefährlich jäh-
zornig, wenn er getrunken hat, und dies passiert nicht
selten. Im 2. Auftritt des 1. Aufzuges fühlt er sich ge-
kränkt von dem barschen Auftreten des jungen Wachtmeisters. Er fällt in unzurechnungsfähigem Zustande diesen
seinen grünschnäbligen Vorgesetzten mit gezogenem Säbel
an. Dafür verdient er eine Kugel vor den Kopf. Der
Wachtmeister aber lässt sich rühren von der Ehrwürdig-
keit und den Verdiensten des alten Haudegens. Er giebt
ihm seinen Säbel zurück mit dem Versprechen, die Anzeige
unterlassen zu wollen. Es ist dies das erste Beispiel jener
zahlreichen Subordinationsvergehen, die, in Hitze und Zorn
verübt, sogleich eine grosse Ernüchterung zur Folge haben
angesichts der furchtbaren Strafen, mit denen die Militär-
gesetze dieses schwerste aller Verbrechen ahnden. Auch
in den „Werbern" wie in den „abgedankten Offizieren"
hat Stephanie im Interesse der lebenswahren Schilderung
ein zweifelhaftes Element eingeführt in der Person des

Infanteriehauptmanns Lord Bratzen, eines chevalier d'industrie aus der Gattung Riccaud de la Marliniére. Dieser treibt das Werbegeschäft auf eigene Rechnung und sucht sich eine vornehme Braut, um ihr ihr Vermögen abzuschwindeln. Als er endlich entlarvt wird und zur Strafe gezogen werden soll, plädiert der Verfasser für ihn auf mildernde Umstände, indem er ihn seinen abenteuerlichen, vom Missgeschick verfolgten Lebensgang erzählen lässt, wobei man erfährt, dass er. ursprünglich ein schlichter ehrlicher Mann, nur durch die Ungunst und Ungerechtigkeit seines Schicksals als Soldat auf Abwege gebracht worden sei. Daraufhin kommt er glimpflich davon.

Die Liebesgeschichte der beiden Kavallerie-Werbeoffiziere bildet in ihrer Steifheit und Abgeschmacktheit einen starken Gegensatz zu den bunten originellen Soldatenszenen. Sie kommt hier nicht weiter in Betracht [9]).

In dem Bürgermeister Prechtheim und dem schwerhörigen Stadtpfleger Rosenau zeichnet Stephanie die beliebten Typen des beschränkten schwerfälligen Bürgerstandes. Genau kopiert hat diese Figuren K. Frd. Kretschmann in „der alte böse General", wo er den Bürgermeister und den Ratsherrn noch zudem zu groben Schwindlern und Wucherern macht [10]). Rosenaus Taubheit giebt Gelegenheit, lächerliche Missverständnisse in Menge anzubringen; eine Fundgrube billiger Witze, die zu allen Zeiten von Possendichtern ausgenützt wurde. Hervorzuheben ist endlich noch die Szene, in der der Rittmeister Plume dem Bürgermeister und dem Stadtpfleger gegenüber barsch, fast brutal, unter Hintansetzung aller persönlichen Rücksichten, die er gegen Prechtheim, den Vater seiner Geliebten, hätte beobachten sollen, Verwahrung einlegt gegen Verletzungen seiner Gerechtsame als Werbeoffizier. Dass der Soldat, wo sich's um Dienst und Pflicht handelt,

schneidig zu Werke geht und nicht mit sich spassen lässt,
sowie dass es ihm nicht an Mitteln fehlt, dem Bürger ge-
waltig zu imponieren, ist damit deutlich genug betont.
Brühl hat diese Szene in seinen „Bürgermeister" aufgenommen und ihr dadurch einen ironischen Beigeschmack
gegeben, dass die polternden Demonstrationen des jungen
Werbeleutnants v. Britzstein an der überlegenen und be-
sonnenen Ruhe eines — diesmal würdig aufgefassten —
Bürgermeisters abprallen.

Die glückliche Idee der Verwendung von Werbe-
scenen im Singspiel machte sich Stephanie selbst noch in
höherem Alter, als die Erinnerung an das einst selbst ge-
übte Handwerk wohl schon ziemlich verblasst war, zu
Nutze in einem höchst abgeschmackten, sogenannten Zeit-
gemälde „die Freiwilligen". Vorher schon hatten „die
Werber" einen anonymen Autor zu einer komischen Oper
„die Rekruten auf dem Lande" (Verz. 68) angeregt: der
Unteroffizier Seefuss wirbt den Bauernburschen Fritze,
nachdem er ihn vorher nach beliebter Gepflogenheit (wie
auch mit dem „Bauernkerl" in den „Werbern" geschieht)
betrunken gemacht hat, zum Soldaten an. Hagemann be-
nützte 1793, unter dem Eindruck der herrschenden Kriegs-
gefahr von Westen her, das Motiv in seiner „glücklichen
Werbung" zu einem patriotischen Zweck. Der hannöversche
Korporal Brand rezitiert einen langweiligen Katechismus
für angehende Vaterlandsverteidiger und gesinnungstüchtige
Landeskinder und begeistert mit seiner Geschwätzigkeit
einen — — Kellner zum Kampfe wider die republikanischen
Franzosen. Diese dramatische Erbärmlichkeit, „Volks-
lustspiel" genannt, war bestimmt, Nutzen zu stiften, wie
— nach der Vorrede — etwa eine gemeinnützige Volks-
predigt eines Pastors „über die Unvorsichtigkeit der zu
frühen Beerdigungen". Die Werbeszene in Engels „dankbarem Sohn" wird später zur Sprache kommen [11]).

Stephanies nächstes Stück „die Wirtschafterin, oder: der Tambour bezahlt alles", possenhaft und von roher Mache, braucht nur kurz erwähnt zu werden, zunächst wegen einer gewissen Abhängigkeit einer der Hauptfiguren, des Ordonnanzreiters, von Lessings Paul Werner. Dies nur beiläufig, denn die Zahl von dergleichen Kopien ist Legion. Wichtiger ist, dass „die Wirtschafterin" teilweise die Grundlage zu dem vielgespielten Stück von Plümicke „Henriette oder der Husarenraub" abgab. Letzteres ist eine Dramatisierung des ersten Teils eines Soldatenromans gleichen Namens von Beuvius (Berlin 1780). In der „Wirtschafterin" wird der Findling Rosette, der der General Graf Straalhausen eine väterliche Zuneigung widmet, schliesslich als Tochter des Rittmeisters v. Marbach, des Generals besten Freundes erkannt. In der „Henriette" findet der Major v. Volkmar an der Pflegetochter seines Quartiergebers, des Pastoren, ein tiefes Wohlgefallen, das sich als Ahnung der vorhandenen Blutsverwandtschaft herausstellt. Sie ist die Tochter Volkmars, der sie ehemals bei einer feindlichen Invasion samt ihrer Mutter in den Flammen ihres Hauses umgekommen glaubte. Ein noch vorhandenes Erkennungszeichen, ein Ring, hilft hier wie unzählige Male vor- und nachher das schwebende Rätsel glücklich lösen. Dass sich Unteroffiziersfiguren ganz besonders dazu eignen, das honnête des Soldatenstandes in redseliger Prahlerei zu entwickeln, machte sich Stephanie in der Eingangsszene zu Nutze, wo der Ordonnanzreiter dem Reitknecht Strick derb den Kopf zurecht setzt, da er sich hatte einfallen lassen, den guten Namen eines Soldaten für sich in Anspruch zu nehmen. Beuvius-Plümicke wiederholen mit ermüdender Weitschweifigkeit dieselbe Szene, die sich hier zwischen dem Unteroffizier Hubert, dem Schatten des Majors, und einem Reitknecht abspielt, der überall mit dabei gewesen sein will,

wo es ernste Kampfesarbeit gab. Es schwebte ihnen wohl
die Szene vor, in welcher Paul Werner dem rachsüchtigen Just
gegenüber den Unterschied zwischen einem Soldaten und
einem Packknecht so nachdrücklich betont (Minna I, 12).
Lessing hatte in der „Minna" einen Offizier aus der
grossen Welt geschildert. Der Zwang der Noblesse und
des point d'honneur veranlassten hier die Verwicklung.
Ein reiches adeliges Fräulein ist es, die von den vortrefflichen Eigenschaften eines preussischen Offiziers angezogen,
erst zur Bewunderung und dann zur Liebe hingerissen
wird. Joh. Jak. Engel hat nun in seinem „dankbaren Sohn" ein Gegenstück zur „Minna" geschaffen,
indem er denjenigen Soldaten zum Helden machte, der,
nur mit den simpeln Eigenschaften des Mannes aus dem
Volke ausgerüstet, zu hohem militärischen Rang und Ansehen aufsteigt und nun die ganze Waffenherrlichkeit
Friedrichs des Grossen in die schlichten, beschränkten
Kreise hereinträgt, denen er entstammt. Der König
schätzt alle wackeren Männer, die treu und hingebend
seiner Sache dienen, und ehrt den gesunden Volksstamm,
der in Einfalt und Unverdorbenheit, in Loyalität und
patriotischem Gefühl den Kern seines Volkes bildet. Dies
ist die leitende Idee des kleinen einfachen Gelegenheits-
stückes, das zusammen mit dem „Edelknaben", einer
dramatisierten liebenswürdigen Anekdote, Engel die Aus-
zeichnung eintrug, in der Reihe der dramatischen Autoren
oft genug dicht hinter Lessing genannt zu werden [12].
Der moderne Beurteiler wird dem „Dankbaren Sohn"
in erster Linie zuerkennen, dass sein Dichter eine glückliche Hand bekundete in der Wahl von dankbaren Rollen
im besten Sinne des Wortes. Seine Gestalten sind aus
dem Vollen geschöpft, originell, einfach und glaubwürdig.
Sie tragen ihren Wesensgehalt an der Stirne geschrieben,
dank einer sorgfältigen, zuweilen etwas überladenen

2*

Charakterschilderung. Man kann sie als allegorische Gestalten betrachten, die in schlichter Rede und Handlung den patriotischen und moralischen Zweck eines Festspiels veranschaulichen sollen. Um dieses Zweckes willen verzeiht man denn auch, wenn die einfältige Beredsamkeit sich zuweilen allzu weitläufig im Lobe der Tugend und Sittenreinheit oder in der patriotischen Begeisterung für den grossen König ergeht. Eine eingehendere Betrachtung des „dankbaren Sohnes" ist unerlässlich, da sich auf dieses Stück eine eigene zahlreich vertretene dramatische Gattung zurückführen lässt, der man den Namen des ländlichen Genres geben kann.

In den ersten acht Auftritten ist die Rede vom nahen Frieden und vom Eintreffen des Helden, des Rittmeisters, im Dorfe seiner Eltern. Das Hauptinteresse bewegt sich um einen Brief des Sohnes, den der Küster den beglückten Eltern vorzulesen hat. Er enthält die Bestätigung der Friedensgerüchte und eine ausführliche Schilderung eines Zusammentreffens mit dem Könige, von dem der Rittmeister zur Tafel geladen worden ist. Die Lektüre geht langsam von statten, da der Brief Satz für Satz genossen sein will. Er giebt Gelegenheit zu mannigfachen Apostrophen des Vaters Rede an die Adresse seines pietätvollen, dankbaren Sohnes, der so hoch gestiegen ist und doch die Liebe zu seinen schlichten Eltern nicht verloren hat, an den ehrenvollen Soldatenstand, dem der Sohn zur Zierde gereicht, an den grossen König, der den Vater im Sohne geehrt und ausgezeichnet hat und endlich an den lieben Gott, dem man für all dies Glück Dank schuldig ist. Dem Stolze des Vaters gesellt sich die sorgliche Mutterliebe der alten Bäuerin bei. Sie hört aus dem Briefe immer nur das eine heraus, dass der Sohn bald kommen wird und dass der Friede ihrer Angst um sein Leben ein Ende macht. Dabei ist ihr heimlich bange, ob der Sohn, trotz

aller Anzeichen dagegen, nicht doch vornehm und unnahbar geworden ist. Ihr sind der Krieg und des Sohnes Beruf, seine Waffentüchtigkeit und die Auszeichnungen, die er davongetragen hat, im Grunde doch immer unheimlich und sorgenbringend gewesen. Durch dies alles glaubt sie ihn dem Mutterherzen entfremdet. Den Ehrgeiz und patriotischen Stolz Rodes lässt ihr Gemüt wohl gelten, vermag ihn aber nicht zu teilen. So erbaut sie sich denn nebenher an dem bescheideneren Glücke ihrer Tochter, die sich einem jungen wackeren Bauern aus der Nachbarschaft verlobt hat, während der Alte so einzig in Gedanken mit dem Sohne beschäftigt ist, dass er es nicht einmal begreifen kann, wie das Mädel lieber zu ihrem Schatze läuft, als der schulmeisterlich pathetischen Interpretation von des Bruders Brief lauscht. Der Küster nimmt in seiner Art Teil an der Weihestimmung der beiden Alten. Die Neugierde hat ihn hergetrieben; mit Selbstgefälligkeit konstatiert er, dass er des Jungen Bravheit schon in der Schule vorausgesehen, und zwar — drollig genug — an den Schlägen und Kopfstössen, die er austeilte, wenn die Jungen im Dorfe spielten. Seine thaten immer am wehesten von allen! Wichtiger, als der Inhalt des Briefes ist ihm, dass der Sohn eine „herrliche Hand" schreibt und dies ihm zu verdanken hat. Die rechte Stimmung aber kommt erst über ihn, als der Alte einen guten Trunk aufstellt und ihm wacker zuzusprechen empfiehlt. Seiner feigen Seele ist übrigens das, was er vorzulesen hat, fremd; für ihn ist der Krieg nur ein Uebel, der Soldat ein Wütherich. An Frieden glaubt er nicht, solange er eine Uniform vor Augen hat. „Frieden? — sagt er — als wenn in Königs Landen einen Augenblick Frieden wäre! Als wenn wir jemals sagen könnten, wir wären des lieben Unsrigen sicher; dass Gott erbarme!"
— Vom neunten Auftritt an entspinnt sich ein geringes

an Handlung in dem dramatischen Idyll. Ein fremder
Feldwebel kommt ins Dorf und will Michel, Gretchens
Bräutigam und einzigen Sohn einer armen Witwe, vor-
geblich in des Königs Namen, zum Soldaten pressen.
Roden hat dieser Gewaltakt das Konzept verrückt, doch
ahnt er gleich, das Ding ist nimmermehr richtig, so etwas
kann der König nicht wollen. Er stellt sich als Sprecher
der empörten Bauernschar dem rohen Maulhelden entgegen, mahnt die Andern zur Ruhe und redet gütlich auf
den Werber ein. Des Sohnes thut er zunächst gar keine
Erwähnung. Er ist überzeugt, dass er bei einem Soldaten
den richtigen Fleck treffen wird, wenn er ihn davon überzeugt, welch loyale Gesinnung und welche Achtung vor
des Königs Rock im Dorfe zu Hause ist. Wenn's dem
König und Vaterlande Not thut, so soll Michel in Gottes
Namen mit, und er selbst will trotz Alter und Müdigkeit
dem letzten Aufgebote Folge leisten. Nun aber ist der
Friede erklärt; Michel ist seiner Tochter Bräutigam und
dazu ein einziger Sohn — — — weiter lässt ihn der
Eisenfresser nicht kommen. Er stopft ihm den Mund mit
Brutalitäten und verhöhnt ihn ob seiner beweglichen und
eindringlichen Rede. Die Gemüter erhitzen sich und nun
endlich erscheint es dem Alten am Platze, den Rittmeister
ins Spiel zu ziehen. Dass der Feldwebel bei Nennung
des Namens sehr stutzig wird, übersieht Rode, gefesselt
von der Entdeckung, dass derselbe seinen Sohn kennt und
also von ihm Nachricht geben kann. In rasch wieder-
erlangter Laune bestellt er für den Feldwebel eine Bou-
teille, die der Küster mit grimmigem Neide allmählich
leeren sieht. Die angelegentlichen Fragen, ob des Sohnes
Regiment bald zurückkehre und ob er in der Nähe kan-
toniere, kann der Feldwebel nicht beantworten. Er hat
nur früher einmal unter dem Rittmeister gedient und ist
für übles Verhalten derb gefuchtelt worden. Da der Alte

um die Nähe des Sohnes — der Brief ist indessen ganz
vergessen worden — selbst nichts weiss, fasst der Feldwebel wieder Mut. Entweder werden dreissig Thaler auf
die Stelle geschafft oder Michel muss mit. Mit diesem
erbarmungslosen Bescheid entfernt er sich. Der Küster,
in der Verwirrung allein gelassen, macht sich über den
Rest des Weines her und beendigt die Lektüre des
Briefes. Aus diesem geht hervor, dass der Sohn am
selben Tage noch eintreffen wird. Vater und Mutter
werden benachrichtigt, Ratlosigkeit und Verzweifelung
haben ein Ende. Gleich darauf trifft der Sohn ein. Erst
begrüsst er die Eltern und die Schwester, dann lässt er
den Feldwebel arretieren, da er mit einer gefälschten
Ordre das Werbegeschäft auf eigene Rechnung und Gewinn
betrieben. Damit hat er seine Rolle schon ausgespielt.
Die Pflicht ruft ihn zu seinen Soldaten zurück; doch will
er die Eltern mit sich nehmen und, solange Ruhe im
Lande ist, bei sich wohnen lassen. Diese aber können
sich nicht von ihrer Scholle trennen, und so muss denn
der Rittmeister zum Abschied versprechen, die Seinigen
möglichst oft zu besuchen.

Dass diese letzten Szenen dramatisch von äusserst
schwacher Wirkung sind, ist unleugbar. Ihres Eindruckes
auf empfindsame Gemüter freilich war der Autor sicher.
Man fragt sich aber, worin nun eigentlich die That der
Pietät und Dankbarkeit besteht, die den Namen des
Stückes rechtfertigt? Man hört ja nur von solchen reden,
bezw. legen die handelnden Personen dem Hörer aus, was
man am Verhalten des Sohnes von Kindesbeinen an als
lobenswert betrachtet, z. B. dass er die Neigung zu seinen
in Niedrigkeit verbliebenen Angehörigen bewahrt hat und
dass er die Eltern mit Geld unterstützt. Wenn er nun
im rechten Augenblicke ankommt, um einen Schurken zu
entlarven, wodurch er glücklicherweise auch der Schwester

den Gatten, einer armen Witwe die Stütze ihres Alters
wiedergiebt, so ist dies eher ein günstiges Zusammen-
treffen der Umstände, als eine verdienstvolle Handlung zu
nennen und doch ist dies die einzige Handlung des Helden
im Stück. Um sich also für diesen dankbaren Sohn zu
erwärmen, bleibt nichts übrig, als genau zuzuhören, was
ihm im Stücke Gutes nachgesagt wird. Eine greifbare
Handlung aufopfernder Liebe und Pietät aber, wie sie
z. B. Stephanies „Deserteur aus Kinderliebe" (siehe S. 25)
zum Gegenstande hat, hätte durchgreifendere Wirkung
gethan, als die moralischen Tiraden des Sohnes, die nichts
sind, als eingehende Interpretationen des vierten Gebotes.
Bedenklich ist auch der Umstand, dass der den Alten so
wichtige Brief des Sohnes über dem Werbezwischenfall
vollständig in Vergessenheit gerät. Im 8. Auftritt entgegnet Rode auf die zärtlich ungeduldigen Fragen der
Mutter nach des Sohnes Rückkehr: „Geduld Mutter, das
alles werden wir hören!" Trotzdem versucht man im
13. Auftr. bei dem fremden barschen Feldwebel sich die
erwünschte Auskunft zu erholen, die man zuvor mit
Sicherheit aus dem Schreiben entnehmen zu können hoffte;
und selbst als aus dem Grobian nichts herauszubringen
ist, als Michels Schicksal kritisch zu werden droht, verharrt man in Ratlosigkeit, ohne des Briefes, des einzigen
Auskunftsmittels zu gedenken. Nur aus kalter Neugierde
holt ihn der Küster wieder vor, stösst sozusagen mit der
Nase auf die Mitteilung von des Sohnes bevorstehender
Rückkehr und nun endlich klärt sichs in den aufgeregten
Gemütern. Die Gefahr also ist eigentlich beseitigt noch
ehe der Rittmeister eintrifft. Fragwürdig ist die dramatische Fähigkeit eines Dichters, der der sinngemässen
Entwickelung solchen Zwang anzuthun genötigt ist, um
sich eine ungestörte Szenenfolge zu sichern. Solch böse
Kunstgriffe haben auch sonst häufig genug statt bei Er-

kennungsszenen, die durch mühseliges Hinausrücken irgend
eines wichtigen Gliedes der logischen Kette bis an den
Schluss verschoben werden[13].

Unter den zahlreichen Nachahmern steht wieder Stephanie voran, der nie ohne Modell arbeitete und ein
scharfes Auge hatte für alles, was guten Theatererfolg ver-
sprach. Sein „Deserteur aus Kindesliebe" weist bezüglich
des Plans — wie schon erwähnt — einen Fortschritt gegen
den „dankbaren Sohn" auf. Der Soldat Holbeck trifft
beim Durchmarsch durch seinen Heimatsort seine Eltern
in äusserster Not an, die die Bedrückung des landsässigen
Gutsherrn und seines Amtmanns, eines schurkischen Pedanten, über sie gebracht hat. Um sie zu retten, bestimmt
er den Oheim, ihn bei einem fingierten Desertionsversuch
zu ertappen und anzuzeigen. Der Sykophantenlohn dafür
soll den Eltern zu gute kommen. Dies das Gerippe des
Stückes, in dem in gewohnter Weise den Soldatenszenen
und den unterschiedlichen Vertretern des Militärstandes die
meiste Aufmerksamkeit gegönnt ist, vor allem den beiden
wackeren Kameraden Holbeck Sohn und Punk. Der alte
Holbeck ist nach Frdr. Ludw. Schröders gerechtem Urteil
eine elende Kopie Vater Rodes[14]. Im letzten Aufzug bringt
der Verfasser seinen Helden in Arrest unter eine elende
Gesellschaft von Deserteuren, gegen die er in seiner Unschuld vorteilhaft absticht. Diese bunte Wachtstubenszene
ist getreu nach dem Leben kopiert und nicht ohne Wirkung,
da Stephanie hier wieder seine militärischen Reminiscenzen
zu Hilfe kamen. Aeusserlich lehnt sie sich an dieselbe
Szene in J. M. Sedaines vielgesehenem Singspiel „Der
Deserteur" an (vgl. Anm. 19), das auch für die schein-
bare Desertion des Helden das Muster gab. In unbestreit-
barer Abhängigkeit vom „Deserteur aus Kindesliebe" steht
Kotzebues „Kind der Liebe"[15]. Dort findet der Soldat
Fritz Böttcher seine Mutter in äussersten Elend an der

Landstrasse liegen. Er geht in Verzweiflung darüber
betteln, während die kranke Mutter von armen Bauers-
leuten in deren Hütte aufgenommen wird. Die Summe,
die der Sohn in der Eile zusammengebettelt hat, ist so
lächerlich klein, dass sie nicht ausreicht, der schwerkranken
entkräfteten Mutter die notdürftigste Linderung ihrer Leiden
zu verschaffen. In wilder Entschlossenheit will er sich
von dem Oberst v. Wildenhain, seinem unerkannten Vater,
ein grösseres Almosen erzwingen und als er abgewiesen
wird, fällt er denselben mit gezogener Waffe an, worauf
er festgenommen und in sicheren Gewahrsam gebracht
wird. So ist er zum Strassenräuber geworden aus Mitleid
mit seiner Mutter und hat das Leben verwirkt[16]). Das
gutherzige Bauernpaar, das Wilhelmine, die Mutter, aufgenommen, ist in letzter Linie auf Rode und Rachel zurückzuführen, wie all die braven Bauersleute, deren Einfalt
und Sittenreinheit so häufig in Kontrast gesetzt wurde zu
dem genre comme il faut d. h. der Verderbtheit der Hofwelt und der höheren Gesellschaft. Auf Aehnlichkeit und
Abhängigkeit von dem Vorbild braucht man nicht näher
einzugehen. Es genügt zu konstatieren, dass Engel einen
Typus geschaffen hatte, der in der Folge mit Vorliebe
kultiviert wurde.

In selben Jahre mit dem Kind der Liebe erschien
Beils „Curd von Spartau" und ist auch diesem Stück die
enge Verwandtschaft mit dem „dankbaren Sohn" und dem
„Deserteur aus Kindesliebe".nicht abzustreiten. Der junge
Soldat Ralph benützt den Durchmarsch seines Regiments
durch sein Heimatsdorf, um sich in die Hütte seiner kranken
alten Mutter zu stehlen. Ueber diesem Besuch vergeht die
Zeit, der Soldat kehrt nicht zur Stunde des Appells ins
Lager zurück und ist nun gewärtig, als Deserteur betrachtet
und bestraft zu werden. Seinen Angeber macht der
sächsische Lotto-Einnehmer Wenig, dem es in seinem

Preussenhass gelegen kommt, einen preussischen Soldaten
ins Unglück zu stürzen. Ralph wird gesucht, in der Hütte
ertappt und als Arrestant ins Lager zurückgebracht. In
Todesangst schleppt sich die Mutter dahin, um ihren Sohn
loszubitten. Sie trifft auf den General v. Spartau, einen
alten Helden, der an einer unheilbaren Wunde siecht und
im Gedanken an seinen nahen Tod mild und versöhnlich
gestimmt ist. Er erkennt in der Mutter Ralphs seine ehemalige Geliebte, in Ralph und seine Schwester seine
eigenen Kinder. Durch seine Bemühungen wird Ralph be-
gnadigt. Der General aber lässt sich in die Hütte seiner
Angehörigen tragen, um in ihrer Mitte zu sterben.

Zu einer engeren Familie lassen sich zusammenfassen
diejenigen Stücke, in denen ein höherer Militär, häufig
auch ein Fürst, aus der grossen Welt oder aus dem wilden
Soldatenleben heraus in die friedlichen, beschränkten Verhältnisse des niederen Bürger- oder Bauernstandes versetzt
wird, eine lebhafte Sympathie gewinnt für die Tugenden,
die er hier zu Hause findet und nun meist der Beschützer
und Wolthäter der guten Leute wird. Den ersten Anstoss
gab „der dankbare Sohn“, die nennenswertesten Weiterwirkungen sind Plümickes „Husarenraub“, Kotzebues „Kind
der Liebe“ und Beils „Curd von Spartau“. Weitere Stücke
dieses Genres siehe im Anhang [17]. Fast überall ist e i n e
Gestalt mit Zähigkeit festgehalten, die zu den verbreitetsten
Typen der dramatischen Litteratur des 17. und 18. Jahrhunderts zählt. Es ist die chargierte Figur des Pedanten,
eines Zerrbilds des bürgerlichen Airs, mit dem Anstrich
einer seichten gelehrten Bildung (seine lateinischen sen-
tentiösen Brocken sind ein Hauptkennzeichen), von unter-
würfigem zeremoniösen Wesen und umständlicher Geschwätzigkeit, die durch stereotype Redensarten noch
bizarrer wirkt. Hauptsächlich hervorstechend aber ist seine
Feigheit. Am häufigsten trifft man diese Figur in der

Maske des Halbgelehrten — erinnernd an den dottore der italienischen Maskenkomödie — als Küster oder Schulmeister. Sonst erscheint er auch als alter Diener, als Subalternbeamter, Amts-, Stadt- oder Ratsschreiber. Notar, Hausarzt u. s. w. Iffland giebt ihm häufig die Rolle eines niedrigen, schurkischen Schleichers (so z. B. in den „Höhen", in den „Spielern", im „Vormund") und Kotzebue wird nicht müde, seinen billigen Witz an dieser Gestalt zu verschwenden, leiht ihr meist eine ganz unmögliche Fratze und spart nichts an grobkomischen grotesken Zügen. Zuweilen verbinden sich auch gute Eigenschaften mit dem pedantischen Wesen; dann hat man die Person mehr als originellen Sonderling aufzufassen. Ich erinnere an die klassische Figur des Schulmeisters in Lenz' „Hofmeister". Ferner kann hier angeführt werden der Schulmeister Willibald in Fr. W. G. Wetzels „Wilhelmine" [18]), der mit seiner Frau die Heldin mit ihrem Kind in seiner Hütte aufnimmt. Der Verfasser vereinigte Vater Rode und den Küster aus dem „dankbaren Sohn" in einer Person. Der König tritt in die Hütte Willibalds und ergötzt sich an der originellen Redeweise des gutherzigen Mannes. Veredelt ist auch der Pedant in Kotzebues „Unvermählter", Professor Busch. ein schüchterner, umständlich-zeremonieller Gelehrter, der als Erzieher des Fürsten und als treuer Beamter des begüterten Fräuleins v. Seelenkampf gerühmt wird.

Das Soldatendrama.

Hauptelemente. Das Soldatendrama im engeren
Sinn d. h. dasjenige Drama, das sich mit dem Soldaten
in seiner eigentlichen Wirkungssphäre beschäftigt, enthält
zwei Hauptelemente. Das eine, rein theatralische, bestand
in der ausgiebigen Verwendung militärischen Schauge-
pränges und spekulierte mit dieser Bereicherung des
scenischen Apparats lediglich auf die Schaulust des Publikums, das andere — das dramatische Element — knüpfte
an die Figur Tellheims an, welche das Interesse nach
doppelter Richtung hin fesselte und zur Nachahmung bezw.
Weiterbildung anregte. Einmal wurde man hingewiesen
auf das honnête des Militärstandes, der den strengen, oft
rigorosen, aber allgemein anerkannten und darum unantastbaren Gesetzen der Disziplin und der Ehre unterworfen
ist und die ganze Auffassung des Lebens und der Handlungen nach dem point d'honneur, dem soldatischen Gewissen, bestimmt. Andrerseits vertiefte man sich in die
Tragik eines widrigen, unverdienten Schicksals, das Tellheim mit Resignation erträgt, weil sein Soldatenstolz es
nicht zulässt, unter anderen Bedingungen, als denen der
Ehre glücklich zu sein. Der tragische Konflikt zwischen
Ehrgefühl und Neigung, zwischen Pflicht und Egoismus
bestimmte die Wahl der Stoffe in dem Soldatendrama der
folgenden Jahrzehnte, ohne dass aber — sagen wir es

gleich — die sittliche Grösse in Tellheims Charakter und
die Subtilität von dessen innerem Zwiespalt je erreicht
oder gar nur angestrebt wurde. Denn gewöhnlich sind die
Helden mitleidwerte passive Dulder, denen die Schwere
ihres Schicksals alle Gewissenskämpfe erspart, die der Ver-
suchung gar nicht verfallen können, das Verhängnis mit
Einbusse ihrer Ehre von sich abzuwälzen. Tellheims Unglück war für den Dichter Mittel zum Zweck, war der
Hebel für die Verwicklungen, die sich aus dem Widerstreit
der Hauptcharaktere, aus ihren entgegengesetzten Neigungen
und Anschauungen ergaben. Den Hörer bewegt viel weniger
die Frage: Wird Tellheim wieder zu Vermögen und Ehre
kommen? als vielmehr die andere: Wer wird das Spiel
gewinnen, die tapfere ausdauernde Neigung des Fräuleins
oder die schwer angefochtenen zähen Ehrbegriffe Tellheims? — Wie verfuhren nun dem gegenüber die Autoren
der Soldatenstücke? Sie versetzen den Helden in eine
tragische Situation, wobei das Wie und Warum den dramatischen Kern des Stückes bildet. Dann wird die Dulder-
seele des Kriegers entschleiert. Der Märtyrer der Ehre
ist erfüllt von quietistischer Gefühllosigkeit gegen den
fatalen Glückswechsel oder gegen den erwachenden Willen
zum Leben. Kleinmütigkeit oder Todesangst herrscht nur
in seiner mitleiderschütterten Umgebung, die er als be-
wunderter Held um Haupteslänge überragt. So gehts der
Entscheidung entgegen, die in den meisten Fällen als
plötzliche Wendung zum Guten dem tragischen Pathos die
Spitze abbricht. Der Held lässt alles mit sich geschehn;
von seinem Sturze an verharrt er, sicher vor moralischem
Fiasko, in hochherziger Passivität. Hier ists also lediglich
auf das Mitgefühl des Hörers abgesehen und um dessen
Ursache zu variieren, boten sich ungesucht die Anhaltspunkte. Tellheim war durch die gegen ihn erhobenen
Verdächtigungen in eine schiefe Stellung gekommen, seinen

Kameraden und seinem Könige gegenüber: ein Offizier,
schwer kompromittiert ohne irgend ein eigenes Verschulden!
Wie unverdient und wie vernichtend war dies Verhängnis
über ihn gekommen! Und wie vielerlei ähnliche Anlässe
konnten einen solchen Mann bei dem heiklen Charakter
der Standesehre stürzen! Das scheinbar Bizarre vieler
Vorschriften der Ehre und der Disziplin liess zuweilen ein
wirkliches Vergehen so entschuldbar erscheinen und forderte
den Laien förmlich zur Kasuistik heraus. Z. B. die Auflehnung gegen einen willkürlich handelnden, unbilligen
Vorgesetzten — wie in Möllers „Graf von Walltron" —,
das Zuwiderhandeln oder nicht Befolgen eines verkehrten,
zweckwidrigen Befehls — wie in Kleists „Prinz von Homburg", Kotzebues „Hugo Grotius" —, konnte den Zuschauer
nur sympatisch stimmen für einen unerschrockenen, rasch
entschlossenen Helden, der doch hiermit das schwerste
aller militärischen Verbrechen, das Subordinationsvergehen, auf sich geladen hatte. Subordinationsvergehen,
Ungehorsam und Desertion boten denn auch unerschöpf-
liche Gelegenheit, denHelden einen Fehltritt thun zu lassen,
der seitab von den allgemeinen Moralgesetzen liegt und
von dem Laien eher gebilligt oder entschuldigt, als verurteilt wird, da ihm im Einzelfall die Wichtigkeit eines
ausnahmelosen Gesetzes nicht klar vor Augen liegt und er
immer geneigt ist, das Vergehen in Vergleich zu den zwingen-
den Ursachen zu mildern und in Schutz zu nehmen.

Der erste der diese angedeutete Bahn einschlug und
damit das Signal zur Schaffung einer neuen Gattung von
Volksstücken gab, ist wiederum Stephanie. Doch wie
er auch sonst nie originell und selbständig produziert hat,
so bedurfte es auch diesmal bei ihm mannigfacher Anregungen von aussen her, um seinen regsamen Geist zu
befruchten. Er schuf seine „Kriegsgefangenen" unter dem
unmittelbar zuvor empfangenen Eindruck des „Déserteur"

von Louis Sébastien Mercier, einem rührseligen französischen Trauerspiel, das dazu ausersehen schien, Lessings „Soldatenglück" zu ergänzen, indem es demselben das Verhängnis an die Seite stellte, das krass und unversöhnlich den Soldaten trifft, der im Gefühl gekränkter Ehre wider die Kriegszucht gefrevelt hat. Das Stück hatte grossen Erfolg in Deutschland. Wenn man im Drama jener Zeit alle notleidenden, ungerechter Weise verabschiedeten und heruntergekommenen Offiziere in letzter Linie auf Tellheim zurückführen kann, so muss man als Stammvater aller verdächtigen, schuldbeladenen und strafwürdigen Vertreter des Soldatenstands, vom Major Treith in Stephanies „Kriegsgefangenen" an, den Deserteur Durimel ansehen. Das Stück hat zahlreiche Uebersetzungen, Bearbeitungen und direkte Nachahmungen veranlasst, um derenwillen allein schon es einer eingehenden Betrachtung gewürdigt werden muss [19]). Sein Inhalt ist folgender:

Durimel, ein junger französischer Offizier, hat sich in der Aufwallung des Zorns über die schmachvolle Behandlung, die ihm sein Oberst zu teil werden lässt, thätlich an diesem vergriffen. Er ist des Todes schuldig und nur Desertion kann ihn retten. Als Flüchtling kommt er nach Deutschland und findet im Hause einer vermöglichen Witwe Zuflucht und Beschäftigung als deren Verwalter. Seine gute Haltung erwirbt ihm das Vertrauen dieser Witwe und die Liebe von deren Tochter Clary. Er bittet um ihre Hand und erhält sie zugesagt. Anlässlich des Krieges kommt das Regiment, dem Durimel ehemals angehörte, in den Ort. Auch die Witwe erhält Einquartierung und zwar von Durimels eigenem Vater, dem Major St. Frank und seinem lebensfrohen, etwas dreisten, aber gutherzigen Kameraden Valcour. St. Frank hat keine Ahnung von der Nähe seines Sohnes, der sich verborgen hält. Er betrauert ihn, seit dem Tage, wo er entflohen ist und wo er

— der Major — mit blutendem Herzen eine Verfügung
unterschrieben hat, nach welcher alle Deserteure nach-
sichtslos der Todesstrafe verfallen sollen. Durimel hat
einen Nebenbuhler bei Clary, Hoctau, einen grimmigen
Franzosenhasser, der ihm, als er verschmäht wurde, Rache
zugeschworen hat. Die Gelegenheit hierzu ist gekommen.
Hoctau hat das Geheimnis von Durimels Vergangenheit
ausgekundschaftet und verrät ihn beim Regiment. Der
Unglückliche wird verhaftet und von seinem Vater erkannt,
der in Verzweiflung darüber ist, seinen Sohn nicht retten
zu können. Die Todesstrafe ist ihm gewiss; nur das erreicht der Vater, dass sein Sohn die letzten Stunden im
Hause seiner Braut und mit ihm zubringen darf. Dort
bereitet er ihn in würdiger Weise zum Tode vor, lehrt
ihn „die grosse Kunst zu sterben", wie die Karschin singt.
(Goth. Theaterkal. 1776 S. 19). Valcour, der Clary zuvor
ziemlich leichtfertige und unverblümte Anträge gemacht
und den eifersüchtigen Bräutigam, der sich ins Mittel
legte, beleidigt hat, trifft, erschüttert von Durimels tra-
gischem Schicksal, Anstalten, ihm zur Flucht zu helfen,
was aber unberücksichtigt bleibt, da St. Frank für seinen
Sohn haftet. Angesichts des Todes findet noch die Ver-
mählung Clarys mit Durimel statt. Dann wird der Verur-
teilte von seiner vor Kummer und Mattigkeit eingeschlafenen
Frau weggeführt und unter seines Vaters Kommando er-
schossen. Die hinter der Szene sich abspielende Katastrophe
mit dem groben Knalleffekt wird auf derselben von wilden
Verzweiflungsausbrüchen begleitet, die aber keine Steiger-
ung des Eindrucks mehr hervorzubringen vermögen, da
schon zu viel des Jammers vorhergegangen ist.

Im Grunde genommen macht das Stück Opposition
gegen militärische Zustände. St. Frank ist mit Wider-
willen Soldat; nur ein widriges Geschick hat ihn zu diesem
Beruf gezwungen und knirschend beugt er sich den rigo-

rosen Bestimmungen, die er selbst von jeher verabscheut
hat. Seiner moralischen Auflehnung entspricht die prak-
tische des jungen, heissblütigen Offiziers, der sich von
einem schurkischen Vorgesetzten nicht knechten lassen
wollte. Eine Milderung der tragischen Konsequenzen
dieses Schritts ist mit Absicht vermieden.

In Deutschland beurteilte man das Stück von anderen
Gesichtspunkten aus. Die Disziplin war damals mehr denn
je als Kulturprinzip geschätzt. Ihr sittlicher Wert trat
scharf hervor bei dem aufs äusserste zugespitzten Konflikt
zwischen Pflicht und Neigung in der Seele des Majors und
dem schliesslichen Sieg der ersteren. Unbezweifelbar war
auch ihre Fähigkeit, als treibendes Motiv im Drama zu
wirken, indem dabei der Forderung des Diderot'schen
genre sérieux vollkommen Rechnung getragen wurde.
Denn bei welchem Stand lassen sich „die Tugend und die
Pflichten des Menschen" wohl in schärferen Gegensatz
bringen zu Neigungen und Privatrücksichten, als bei dem
militärischen? Dass beim Hörer das Mitleid mit dem Helden
überwog gegenüber der theoretisch anerkannten Unanfecht-
barkeit einer strengen Kriegszucht, machte den tragischen
Einzelfall nur noch dramatisch wertvoller. In Frankreich
selbst, „où l'on est plus belliqueux que soldat" wie ein
Franzose treffend bemerkt[20]), wo das kriegerische Pathos
seiner Individualität nach sich mehr in lyrischem Schwung,
als in dramatischer Reflexion äussert, blieb der „Déserteur"
unbeachtet und hat auch kein Seitenstück erhalten. Freilich gab es auch dort keinen Friedrich und keinen Sieg
von Rossbach. Die poetisch verherrlichten Eigenschaften
des preussischen Soldaten, die für Deutschland eine neue
Zeit heraufgebracht hatten, waren den Franzosen fremd.

Die deutschen Parallelen zu Merciers „Deserteur". Nachdem nun die Hauptelemente des militärischen Dramas skizziert und dessen einflussreichstes

Muster ausführlicher besprochen worden, bleibt für das Soldatenstück selbst nur mehr eine Zusammenfassung der wesentlichsten Motive, eine Uebersicht über das ganze Stoffgebiet übrig. Denn kaum irgend eine andere dramatische Gruppe wird ein so gleichförmiges, wenig variiertes Bild der dramatischen Entwicklung bieten, wie diese hier, wo das Hauptinteresse nur darauf hinauslief, den Theatergeschmack des Publikums mit dem Wechsel der Kriegs- und Lagerbilder und mit einigen Variationen in dem tragischen Schicksal des Helden zu befriedigen[21].

So lässt sich denn leicht ein gewisses Schema herstellen, nach welchem der Gang der Handlung in allen Stücken wiederzuerkennen ist, ohne dass erhebliche Lücken zu Tage träten. In grossen Zügen stellt sich dies ungefähr so dar: Ein Offizier, in Vollbesitz seiner Manneskraft und von glänzenden Fähigkeiten, hat sich innerhalb seines Wirkungskreises eine unerschütterliche Stellung gegründet. Er geniesst die Zuneigung und das Vertrauen seiner Vorgesetzten in einem nicht zu steigernden Grade. Seine Kameraden sind stolz auf seine Freundschaft, seine Untergebenen vergöttern ihn. Irgend ein Glanzpunkt in seiner Vergangenheit wirft einen verklärenden Schein über sein ganzes Leben: eine That, die seiner Tapferkeit oder seiner Menschlichkeit zur Ehre gereichte. So bietet der Held, eine glorreiche Vergangenheit hinter sich, eine verheissungsvolle Zukunft vor sich, dem Schicksal und den Widersachern Trotz, falls letztere — gewöhnlich der Abschaum der Menschheit — in seinen Gesichtskreis treten. Aber es schlummert irgend eine menschliche Schwäche in seinem Busen und diese soll dem sonst so Vollkommenen verhängnisvoll werden. Sie bringt ihn in Kollision mit seinem Pflichtbewusstsein und letzteres unterliegt auf einen Moment, der aber bei der pointillösen Strenge der militärischen Gesetze hinreicht, um den Günstling des Glückes ins Ver-

derben zu stürzen. (Selten nur fällt er dem Verhängnis
gänzlich unschuldig anheim.) Sein Sturz zieht weite Kreise
in Mitleidenschaft; vor allem eine Gattin oder eine ver-
zweifelnde Braut, einen ihm wohlgesinnten Vorgesetzten,
der häufig die moralische Schuld an dem Fehltritt trägt
oder sonst bei dem heiklen Fall stark in Mitleidenschaft gezogen wird und nun unter fürchterlichen Ge-
wissensqualen sein Schuldig auszusprechen hat. Allgemeines aber machtloses Mitleid umgiebt den männlich
gefassten Helden, der selbst am tiefsten durchdrungen ist
von seiner Strafwürdigkeit und sich standhaft der verletzten
Gerechtigkeit als Sühnopfer stellt. Es werden nun Schrite
gethan zu seiner Rettung; da sie theoretisch aussichtslos
sind, so gehen sie meist von solchen aus, denen Jugend
oder naive Unerfahrenheit noch nicht den Glauben ent-
rissen hat an die Macht der eindringlichen Fürbitte der
starren Gesetzesautorität gegenüber, z. B. Soldaten oder
junge Offiziere, die in besonders nahem Verhältnis zu dem
Verurteilten stehen, ferner weibliche Angehörige, Bräute,
Gattinnen, Mütter. Die ersehnte Rettung trifft denn auch
fast immer in dem Augenblicke ein, wenn der Held mit
der Welt abgeschlossen hat und den Tod dicht vor Augen
sieht. Meist ist es ein fürstliches Gnadendekret oder ein
unvermutet eintreffender Kriegsherr selbst, der dem Geschick in den Arm fällt und zu allgemeiner Erleichterung
dem Gesetz eine Ausnahme gestattet. Wo es sich um
Kriegsgefangene handelt, die den Märtyrertod sterben
sollen, tritt als deus ex machina der Frieden ein. Sehr
selten ist dem unbarmherzigen Schicksal ' freier Lauf gelassen.

In der That giebt es militärischer Tragödien ver-
schwindend wenige. Ihr klassisches Beispiel ist Ifflands
„Albert von Thurneysen“. Die Notwendigkeit der tragischen Sühne drängte sich hier auch der Ueberzeugung

viel stärker auf, als in all den anderen Stücken, wo das Verhängnis sich an einen Verstoss knüpfte. der nur des bösen Beispiels wegen bestraft werden muss, oder wo das Vergehen nichts als eine Lappalie ist, wie z. B. in Töpfers „Tagesbefehl", wo ein liebegeplagter junger Offizier trotz des im Lager ergangenen Verbotes nächtlicherweile in seinem Zelte Licht anbrennt, um sich in die Korrespondenz mit seiner Geliebten zu vertiefen: oder gar in Schikaneders „Grandprofoss", wo ein Todesurteil gegen die Frau eines Feldwebels ausgesprochen und vollzogen wird, weil sie wider das Verbot des „Marodierens" ihrem Gatten einen „Indian" zum Mittagessen gestohlen hat. (Drollig genug verbittet sich der Verf. in der Vorrede mit Entschiedenheit das Urteil der Rezensenten und giebt sich zufrieden mit der „Thränenernte", die seinem Stücke auf der Bühne nicht fehlen werde.)

Dahingegen hat sich Thurneysen in ganz unentschuldbarer — freilich wohl auch in fast unglaubhafter Weise gegen das Gesetz vergangen. Seine Geliebte, des Generals Tochter Sophie, hat ihn aufs dringendste zu einem Rendezvous beordert mit dem Vermerk, es hänge von dieser Zusammenkunft ihr Leben ab. Sie soll nämlich in wenigen Stunden einem anderen vermählt werden und wünscht ihren Geliebten zuvor ihrer Treue und Schuldlosigkeit zu versichern. Thurneysen verlässt — der Schauplatz ist eine belagerte Festung — den ihm anvertrauten Bewachungsposten, einen der wichtigsten und gefährlichsten im Umkreis der Festungswerke und begiebt sich in kopflosem Leichtsinn in das Haus des Generals zu seiner Geliebten. In seiner Abwesenheit geht der Posten an den Feind verloren und das Schicksal der ganzen Festung ist dadurch in Frage gestellt. Diese Folgen seines verhängnisvollen Schrittes mussten dem jungen Thoren klar vor Augen stehen und hätten. entscheidend sein sollen allen anderen Rücksichten gegenüber. Doch mag es sein, dass die Liebe ihn der Vernunft beraubt hat, einen Milderungsgrund gab dies für sein schweres Verbrechen nicht ab und er musste als Opfer seiner Pflichtvergessenheit fallen.

Viel mehr Anspruch auf Verzeihung und Gnade haben die Helden derjenigen Gruppe von Schauspielen, die sich um Möllers „Graf von Walltron", das militärische Drama par excellence, scharen. Walltron, das Idealbild eines Soldaten, „vor dem Feinde ein Löwe, im Dienste ein Argus, in der Gesellschaft der empfindsamste Mensch", wird von einem übellaunigen Vorgesetzten hart angelassen und selbst beschimpft. In kochendem Zorne greift er zum Degen, bereit, auf der Stelle die angethane Beleidigung zu rächen. Sogleich aber kommt er wieder zur Besinnung. Doch die Subordination ist schwer verletzt, der Fehler nicht mehr ungeschehen zu machen; Walltron muss vor das Kriegsgericht und wird zum Tode verurteilt. Fast ebenso ergeht es dem Helden noch in zahlreichen anderen Stücken. Nur ein Beispiel: in Schildbachs „Dienst und Gegendienst", einer Fortsetzung des Walltron, wird dessen Jähzorn noch einmal zum Ausgangspunkte der dramatischen Verwickelung genommen, und zwar beschwört er hier das Verhängnis auf sich herab durch eine in blinder Wut an dem feindlichen General verübte Gewaltthat, in dessen Hand er als Kriegsgefangener gegeben ist. Am frühesten findet sich dieser Zug in Engels „Eid und Pflicht", wo der Soldat Welldorf, der gezwungenerweise in preussischen Diensten steht, seinen Obersten mit dem Degen in der Faust anfällt, als er ihn seinen schwerkranken Vater, einen sächsischen Beamten, misshandeln sieht. Auch im Hausvaterdrama wird, um eine erlittene Beleidigung auf der Stelle zu rächen, häufig zum Degen gegriffen und also das Subordinationsvergehen bis in den häuslichen Kreis weiter verfolgt. Nirgends aber kommt es zu einer ernstlichen Blutthat. Das häufige „fährt

mit der Hand an den Degen" im Familienstück ist eine
ungefährliche. aber ausdrucksvolle Bewegung, die auf
Selbstbewusstsein und Ehrgefühl deutet (so in Schröders
„Fähndrich", Zieglers „Lorbeerkranz", Schletters „Familienpokal" etc.)

Was nun die Variationen der militärischen Vergehen
anlangt, so ist auf die Desertion und deren Folgen schon
hingewiesen worden, ebenso auf die vermeintliche Feigheit
im Kampf z. B. in Babos „Arno" und Henslers „Kriegsgefangenen" (Vgl. Anm. 16 und 22). Sinnreich ist der
Einfall in Zschokkes „Eichenkranz", wo der Held, auf
dem Höhepunkt seiner militärischen Laufbahn angelangt,
plötzlich der Ehrlosigkeit und der Schande anheimfällt, da
es an den Tag kommt, dass er der Sohn eines Delin-
quenten ist. Nachdem der heikle Fall allseitig beleuchtet
und begutachtet worden, vernichtet der Feldmarschall, als
Richter vom König autorisiert, die Macht der Vorurteile,
indem er ihm seinen Degen zurückgiebt, ihn zum Oberst
und Freiherrn v. Adelwerth macht und an seine Helden-
brust das Grosskreuz heftet. Solch gänzlich unschuldige
Dulder sind aber selten: gewöhnlich handelt es sich dabei um
Kriegsgefangene, die in den Verdacht des Verrats und der
Spionage kommen und dafür mit dem Leben büssen sollen.
Das erste Beispiel hiefür geben „die Kriegsgefangenen"
von Stephanie, wo der Major Graf Treith, Kriegsgefangener
in einer belagerten Festung, von dem unmenschlichen
Gouverneur zu ehrlosem Tod verurteilt wird, da man bei
ihm Zeichnungen und Pläne der Festungswerke entdeckt
hat, die aber nicht von ihm, sondern von dem Feldwebel
Fleckmann stammen und von diesem in aller Harmlosig-
keit zur Verkürzung der langen Haftzeit und zur Uebung
seines Zeichentalents verfertigt wurden. Eine verräterische
Korrespondenz, durch einen Schurken denunziert oder dem
Kriegsgefangenen untergeschoben, haben zum Gegenstand

„General Moorner" von Thilo und Kotzebues „Taschenbuch". Aehnlich liegen die Verhältnisse, nur etwas verwickelter, in Rambachs „Hochverrat". Feierliche Kriegsgerichtsszenen waren seit Walltron untrennbar von einem geschehenen Verbrechen. Von allen militärischen Vorgängen kehren diese am zahlreichsten wieder.

Bemerkenswert ist ein Zug im militärischen Drama, der als die humane Ergänzung des strengen point d'honneur betrachtet werden kann: die vornehme Auffassung der ausserdienstlichen Beziehungen zwischen feindlichen Offizieren. So viel von politischer Feindschaft die Rede ist, so wenig ging man auf eine einseitige gehässige Verkleinerung des Feindes aus. Selbst die gutartige Satire, mit der Lessing die Figur des heruntergekommenen Glücksritters Riccaud gezeichnet hat, fand ihre Tadler wegen der allzu deutlichen Anspielung auf französische Erbfehler des Charakters und es gab nicht wenige, die sich um eine Rettung des französischen „Windbeutels" verdient machten. Energisch spricht diese Absicht z. B. Fr. G. Thilo in der Vorrede zum „General Moorner" aus. Freilich brachte er es bei der Figur des französischen Majors v. Malebranche nicht weiter, als zu einer Nachahmung des Blainville in Grossmanns „Henriette"; ein Plagiat, gegen dessen Vorwurf er sich vergeblich verwahrt.

Zwischen feindlichen Offizieren besteht fast immer ein Achtungsverhältnis, das von politischer Meinungsverschiedenheit nicht berührt wird. Wenn, nach Lessing, einerlei Kriegszucht den Landsmann machte, so schuf die Kriegszucht überhaupt das kameradschaftliche Verhältnis. So stellt es zuerst Stephanie in seinen „Kriegsgefangenen" dar, wo der gefangene Major v. Treith die innigsten Beziehungen zur Familie seines Gastfreundes, namentlich zu dessen Tochter unterhält. An dem feindlichen Hauptmann Heist findet er einen aufrichtigen Freund, der, als Treith

wegen vermeintlicher Spionage zum Tode verurteilt wird,
keinen Augenblick an seiner Unschuld zweifelt und empört
ist über das unmenschliche Vorgehen seines Vorgesetzten,
des Gouverneurs der Festung. Unter dem Einfluss von
Stephanies „Kriegsgefangenen" steht Engels „Eid und
Pflicht". Diese Tragödie bezieht sich auf den Umstand,
dass Friedrich II. die sächsischen Soldaten im Jahre 1756
zwang, in seine Dienste zu treten. Das Schicksal trifft
auch den jungen Welldorf, dessen Vater als einflussreiche
Person von dem preussischen Oberst, einem Scheusal, trotz
seiner tötlich schweren Krankheit als Geisel für eine der
sächsischen Stadt unrechtmässigerweise auferlegte Kontri-
bution weggeschleppt wird. Der preussische Hauptmann
v. Brink, eine Kopie des Heist zeigt warme thätige Teilnahme für die unglückliche Familie Welldorfs und gerät
dabei sogar in Konflikt mit dem verhassten Oberst, dem
er Gehorsam schuldig ist[23]).

Auch Babos „Arno" hat eine historische Grundlage[24]).
Das Stück spielt im siebenjährigen Kriege und werden
darin die beiden feindlichen Monarchen, Friedrich II. und
Joseph II. (damals noch Erzherzog) nebst ihren Soldaten
verherrlicht. Dass politische Feindschaft weder die An-
erkennung persönlicher Tüchtigkeit hindere noch ein ver-
wandtschaftliches Verhältnis lockere, wird au dem Beispiel des östreichischen Hauptmanns Ruckzin und seines
Sohnes des preussischen Oberleutnants Arno gezeigt. Das
Gelegenheitsstück „Es ist Friede" von Bock feiert den glücklichen Abschluss des bayrischen Erbfolgekriegs. Der Frieden
wird allegorisiert in der Verbrüderung des österreichischen
Kapitäns v. Langenfeld und des preussischen Majors
v. Stammer, dem der sächsische Oberst v. Biederau zur
Seite steht. Der Oestreicher als preussischer Gefangener
findet geneigtes Ohr für die Verherrlichung seines Joseph,
wogegen der Preusse seinen Vater Fritz und der Sachse

seinen Kurfürsten Friedrich August leben lässt. In Hubers „Kriegssteuer" herrscht die Tendenz, die Notwendigkeit einer für den russisch-östreichischen Feldzug gegen die Türken (1787—92) zu erhebenden Kriegssteuer plausibel zu machen. Der unvermeidliche Kriegsgefangene ist hier der Türke Dorsuffi, ein Muster an Weisheit und massvollem Benehmen, der mit dem östreichischen Leutnant Niklas v. Lambert ein intimes Freundschaftsverhältnis pflegt. Hagemanns „Eroberung von Valenciennes", eine Szene aus der englisch-hannöverschen Invasion im Hennegau 1793 während des europäischen Krieges gegen die französische Republik, bringt eine Verbrüderungsszene zwischen dem hannöverschen Freikorporal Meister und dem französischen, gut monarchisch gesinnten Liniensöldaten Mousquin. Hier hallt das Lob des Vaters Georg (Kurfürst Georg III.), dort dasjenige Ludwigs XVII. Bezüglich des in „Arno" erstmals erscheinenden politisch feindlichen Verhältnisses zwischen Vater und Sohn ist noch zu erwähnen, dass Spiess' „General Schlenzheim" und Arrestos „Feindlicher Sohn" dasselbe genau kopiert haben. In allen dreien erfolgt die wirkliche Erkennung zwischen Vater und Sohn erst, nachdem der eine in die Gewalt des andern gegeben ist. Anders in Kretschmanns „Belagerung". Hier muss ein General wissentlich seine eigenen Söhne belagern, von denen der eine der Festungskommandant ist. Der General ist, ohne viel Aufhebens von einem solchen Schritt zu machen, zum Feinde übergegangen, weil er nicht von seiner Gemahlin Geld leben wollte. Auch hier bekommt der Kommandant seinen Vater gefangen, wie im „Arno". In der Tragödie „Graf Treuberg" von Czechtitzky stehen Sohn und Vater einander ebenfalls feindlich gegenüber. Hier ist aber nicht nur harmlose politische Feindschaft mit im Spiele. Der Vater hat einen ganz unglaubhaften Verrat an der Sache seines

Landesherrn begangen und der Sohn, in Raserei hierüber, ruht nicht eher, als bis er dies Verbrechen durch Vatermord, inmitten der umgebenden Feinde gesühnt hat. Es fordert zur Betrachtung heraus, wie verschieden in den beiden letzten Stücken ein und dasselbe Motiv verwendet wird. Czechtitzky lässt einen alten verdienten Offizier, der allgemeine Achtung und das Vertrauen des obersten Kriegsherrn geniesst, ohne klar ersichtlichen Grund zum Verräter werden. Kretschmann macht eine Kuriosität aus diesem Verrat. Einer Grille wegen, die ihm aber zum Lobe angerechnet wird, kämpft ein General gegen seine bisherige Armee, gegen seine eigenen Söhne, die er zudem ohne Skrupel zu demselben Verrat verleiten möchte, verliert aber darum beim Autor nicht im geringsten an seiner moralischen Tüchtigkeit. Blickt man solchen Ausgeburten einer herrschenden litterarischen Mode gegenüber auf das einzige und unerreichte Vorbild zurück, so erstaunt man über den Zeitgeschmack, der zuliess, dass die zu wahrem Leben erweckten Gestalten eines grossen Dichters allmählich zu solchen Marionetten straflos herab gewürdigt werden durften.

Unmittelbare Beziehungen des zeitgenössischen Dramas zu Lessings „Minna von Barnhelm".

Es ist im vorstehenden der Versuch gemacht worden, ein allgemeines Bild der Anregungen zu geben, die von Lessings „Minna" ausgingen und die Produktionskraft einer emsigen Schaffensperiode der deutschen Litteratur befruchteten. Es sollte gezeigt werden, wie der vielversprechende Schauspielgehalt, auf den Lessing die Aufmerksamkeit gelenkt hatte, von dreien seiner rührigsten Zeitgenossen alsbald ausgebeutet und auf verschiedene Gebiete übergeleitet wurde, die man nach dem Milieu unterscheiden kann als bürgerlicher Kreis, bäuerlicher Kreis und militärischer Kreis. Dass dieser Gehalt, in solcherlei Grenzen eingeschlossen, weiterbestanden und Entwicklungskraft bewahrt hat, sollte darthun, dass „Minna von Barnhelm" dem Bedürfnis der dramatischen Dichtung nach individuellem Gepräge und nach einer nationalen und modernen Grundlage in eminentem Masse gerecht geworden ist. Auch fremde Muster hatten an der Regeneration mitgewirkt, aber sie wären unbeachtet geblieben, hätte nicht Lessing seiner Zeit die Augen geöffnet für die Bedürfnisse des modernen Lustspiels.

Es liegt nun im Charakter dieser Untersuchung, nicht nur zu zeigen, wie die in Menge hervortretenden neuen Gesichtspunkte und Ideen als Weiterwirkungen des einen Schöpfungsaktes zu betrachten sind, sondern auch direkten

Beziehungen und Anlehnungen an das Vorbild im einzelnen nachzugehen. Erschöpfend kann dieser Teil der Aufgabe nicht behandelt werden. Einmal würde dies leicht zu einer pedantischen Reminiscenzenjagd führen und dann hätte hierzu das herangezogene Material bei weitem nicht ausgereicht. Für das relativ minder wichtige Resultat, das dieser Abschnitt der Untersuchung liefern soll, genügt es, in den Hauptzügen festzustellen, was an dem grossen unerreichten Muster dem Geschmack der Nachahmer als besonders wirksam und bühnenfähig galt. Denn bei der dramatischen Massenproduktion im letzten Drittel des 18. Jahrhunderts hat man es ja weit weniger mit Kunstwerken, als mit Effektstücken zu thun; eine Wahrnehmung, die sich namentlich im Hinblick auf die in dieser Arbeit in Betracht kommenden Autoren aufdrängt, die grossenteils dem Schauspielerstande angehörten.

Gewisse Motive lagen nun, wie gesagt, in der Luft. Es bedurfte uur des einen Weckrufs, um das Verständnis auf den Reichtum an neuen dankbaren Stoffen zu lenken. Vor allem gilt dies, einmal von der Figur Tellheims, des ruhmbedeckten würdigen Vertreters einer grossen kriegerischen Zeit, der ohne alles Verschulden ins Unglück geraten und dadurch der teilnehmendsten Sympathie würdig ist; dann von der Person des grossen Königs selbst, den zu verherrlichen und zu bewundern die Begeisterung zu allen poetischen Ausdrucksmitteln griff. Das schwächste ist freilich das dramatische, da es meist nur an anekdotenhafte Züge, z. B. einen Akt königlicher Wohlthätigkeit oder Gerechtigkeit gebunden ist. Neben Friedrich den Grossen traten dann sehr bald auch andere Fürsten, denen man einiges Gute nachrühmen konnte, als Bühnengestalten. Hauptsächlich gab die Figur des Kaisers Joseph von Oestreich Gelegenheit, bekannte Episoden aus seiner menschenfreundlichen Regententhätigkeit zu verewigen. Es liegt

darin allerdings eine Vergröberung Lessingscher Intentionen, ebenso wie in der unermüdlichen Schilderung der
Invaliden am Bettelstab. Sie war aber begründet in der
Humanität des damaligen Geschlechts, die einen Ausfluss
der eudämonistischen Weltanschauung des Aufklärungszeit-
alters darstellt. (Grossmut, Wohlthätigkeit und Vergebung
nennt Schink die drei zuverlässigsten Schatzgruben des
dramatischen Interesses. Vgl. Dramaturg. Monate 1. Bd.
S. 59). Es lag auch viel Ehrlichkeit und Loyalität in
dieser Fürstenverherrlichung, deren Tendenz sich immer
an die guten Instinkte des Volkes wandte, ohne sich in
schmeichlerischer Absicht gerade an den Thron selbst
heranzudrängen zu suchen.

Das Wagnis, den lebenden König Friedrich zum erstenmal auf die Bretter gebracht zu haben, dürfte wohl Babo
zuzuschreiben sein. Es ist dies der Vorrede zum „Arno"
zu entnehmen: „dass ich den grössten lebenden Monarchen
auf der Bühne reden lasse, entschuldigt die Natur des
Schauspiels (es spielt mitten im siebenjährigen Kriege).
Wer es für unerlaubt hält, sagt der nicht, der oder jener
Fürst wird nicht viel Gutes sagen oder thun können?"
Ganz im Geiste der Zeit erwidert er darauf, dass der
Menschengrösse Friedrichs eher ein Tempel — d. h. seine
dramatische Verherrlichung — zukomme, als dem Halb-
gott Julius. Es hiess freilich zu viel gesagt, Fürsten-
anekdötchen als Bausteine zum Tempel der Menschengrösse
zu betrachten. Man erinnert sich hier unwillkürlich der
schmerzvollen Frage von Shakespeares Schatten:

> Was? Es dürfte kein Cäsar auf euren Bühnen sich zeigen,
>   Kein Achill, kein Orest, keine Andromache mehr?

Ich übergehe die Schar von Königen, Fürsten und
Prinzen, die von den „Kriegsgefangenen" und dem „Deserteur aus Kindesliebe" an in unzähligen Fällen den Helden
aus der Verlegenheit zu ziehen und ihm ihre Bewunderung

zu zollen haben. oder die durch einen Akt königlicher
Gerechtigkeit dem verbrecherischen Treiben schleichender
Bösewichte jählings ein Ende machen und verweile nur
bei der Gruppe der porträtierten Monarchen Friedrich und
Joseph. Ein Jahr vor dem Erscheinen des „Arno" ver-
fasste Plümicke das Gelegenheitsstück „der Volontär" aus
Anlass des Geburtstags Friedrichs des Grossen. Der König
tritt zwar nicht selbst auf, doch hält er sozusagen die Fäden
des ganzen Stückes in der Hand. Der Herr v. Waller. ein
württembergischer Offizier, der seinen seitherigen Dienst
quittiert hat „aus unüberwindlicher Neigung", sich unter
die preussische Fahne zu begeben, kommt eben von einer
Unterredung mit dem König, dem er, ohne ihn zu erkennen, die kräftigsten Lobeserhebungen gemacht hat.
Dieselben wiederholen sich andauernd auf der Szene, da
ihm jener unerkannte Offizier ein Handschreiben an den
Generalfeldmarschall mitgegeben hat, in dem er schnur-
stracks zum Major ernannt wird. Die neuen Kameraden,
unter denen auch Tellheim ist, was Wallers Sympathie für
den gewählten Dienst hinlänglich erklärt [25]), beglück-
wünschen den Glücksvogel und preisen sich und ihn selig,
unter einem solchen Fürsten dienen zu dürfen. Dies der
ganze dürftige Inhalt. Im „Chargenverkauf" (Verz. 56)
ist der auftretende König zwar nicht als Friedrich der
Grosse bezeichnet. Doch ist auf ihn deutlich genug hingewiesen durch die militärischen Charaktere des Stücks,
die Sentenzen und Aussprüche des Königs, die an die be-
rühmten Marginalnoten erinnern und die ehrliche, ver-
trauliche Art des Verkehrs zwischen König und Soldaten,
denen der alte Fritz ja als Soldatenvater galt, für deren
Anliegen er stets ein offenes Ohr und eine hilfreiche Hand
hat. So rettet er den tapferen Oberst Branten für sein
Regiment, das dieser hatte verkaufen wollen, um seine
Familie vor Mangel zu schützen. Dem Hauptmann Blenn-

heim, der den Dienst quittieren will, weil er so oft im
Avancement übergangen worden, giebt er einen erledigten
Majorsposten. Den Oberleutnant Winterfeld, der heiraten
will, lässt er in Gnaden ziehen. Den Unterleutnant Wille
aber, der im Begriff steht, seine Charge zu verkaufen, um
seine Mutter vor dem Hunger zu retten, umarmt der König
gerührt und giebt ihm die erledigte Stelle des Blennheim,
seiner Mutter aber eine lebenslängliche Pension. Eng zusammen gehören die Stücke: „der abgedankte Offizier, oder
Joseph der Gute" von Lederer (? Verz. 31), „die Waise"
von Ch. P. F. König, „das grosse Beispiel oder welch' ein
Mensch!" von F. I. Fischer und „der Rechtschaffene darf
nicht immer darben etc." von Protkhe. Erstere drei sind
im selben Jahre erschienen, weisen also auf eine bekannte
Anekdote vom guten Kaiser Joseph hin. Lederer hat
einen abgedankten, aufs äusserste heruntergekommenen
Offizier, den Leutnant Tapfer zum Helden gemacht. Der
Wucherer Geiz, ein Beutelschneider wie Lessings Wirt
zum König v. Spanien, treibt ihn einer nicht bezahlten
Schuld halber samt seinen Kindern aus dem Haus. Sein
alter Diener Heinrich bietet ihm seine kleine Barschaft
an, doch Tapfer nimmt sie nicht an. Obwohl im Elend
auf die fragwürdigsten Subsistenzmittel beschränkt — die
Kinder raufen Gras aus, um es abgekocht mit dem Vater
zu verspeisen! — hat Tapfer noch ein fremdes Kind aufgenommen, das sich später als Sohn eines alten Invaliden
erweist. Der ganzen Misere macht Kaiser Joseph ein Ende:
„der Kaiser erscheint nicht selbst und doch sieht man den
liebenswürdigen, den angebeteten Fürsten und bewundert
ihn" schliesst eine Kritik des Stückes, dem sie nachrühmt,
dass es unter all den Dramen, die bisher sich mit Zügen
von dem edeln Herzen Josephs des Guten bereichert, das
einzige sei, das es auf eine würdige Art gethan hat.
(Almanach d. deutsch. Mus. 1779 S. 88.) — Ein moderner

Beurteiler kann sich schwer in den Geschmack einer Zeit
hineinfinden, die eine solch übertriebene Häufung von
edeln und rührenden Motiven gut hiess. Der Inhalt der
Stücke von König und Fischer deckt sich ziemlich genau
mit vorstehendem. Nur tritt in diesen der Kaiser selbst
auf, der edelmütige Mann ist kein Offizier und das angenommene Kind gehört einem hohen Adelsgeschlechte an.
Das letztgenannte der vier obigen Stücke zeichnet einen
Offizier, der einem Mädchen die Ehre geraubt hat, sie nun
heiraten will, dazu aber nicht die Erlaubnis bekommt, deshalb den Dienst quittiert und nun mit Frau und Kind darbt.
Ein braver Schustermeister nimmt die Familie auf, ein
dankbarer ehemaliger Soldat bietet seinem Leutnant eine
soeben gemachte Erbschaft an, ohne sich natürlich erhört
zu sehen. Der Fürst, nämlich der menschenfreundliche
Joseph, lässt alle vor sich kommen und macht sie glücklich.
Schink bespricht dies Stück im 1. Bd. der „dramaturgischen Monate" unter dem Titel „Fürstenpflicht", den
ihm Brandes gegeben, nachdem es in einer voraufgehen-
den Fassung schon in „Armut und Liebe" umgetauft worden
war. Er wendet sich dabei mit aller Schärfe gegen die
matten Szenen wohlthätigen Inhalts, die nur das Herz,
nicht den Verstand anregen und ein schlimmes Zeugnis
für den Kunstgeschmack des Publikums geben. Er hat
gewisslich recht; trotzdem ist man geneigt, der Figur des
verabschiedeten Offiziers eine hervorragende Stelle unter
der Schar der verarmten, entlassenen, invaliden Militärs,
die sich um Tellheim, ihren geistigen Vater, gruppiert
haben, einzuräumen, insofern in der Seele dieses Leutnants ein wirklicher und glaubhafter Konflikt zwischen
seiner sittlichen Pflicht und seinen Standesrücksichten vor-
geht. Um nicht zum schlechten Kerl zu werden, muss er
das verführte Mädchen heiraten und seine Carriere schwinden
lassen. Das erregt ernsteres Interesse und wirkliche Teil-

nahme und somit verdient der Verfasser grössere Aufmerksamkeit, als so und so viele oberflächliche und geist-
lose Nachahmer, welche glaubten, alles gethan zu haben,
wenn sie mit ihren stummen, in Entbehrung und Hunger
verkommenen Duldern im fadenscheinigen Kostüm Tellheims an das Mitleid der Zuschauer appellierten oder wenn
sie aus der tiefen Verbitterung Tellheims, bei diesem eine
Folge der unerträglichen Ehrenkränkung, mürrische Grillen
und Absonderlichkeiten des Charakters herausbuchstabierten,
die den alten Haudegen bei seinen sonst so vortrefflichen
Eigenschaften interessant machen sollten.

Der alte Polterer im Waffenrock kam übrigens —
auch ohne die angedeuteten Voraussetzungen — sehr
rasch in Aufnahme und war im Familienstück bald unentbehrlich (Vgl. auch das oben, anlässlich der Figur des
Obristen v. Stornfels im „Grafen Olsbach" Gesagte. S. 10
und Anm. 5). Im Rollenfach der Hausväter verwendete
man sehr häufig alte Militärs. Diese zwingen gewöhnlich
ihre Töchter, eigensinnig oder mit mürrischer Strenge,
einen ungeliebten Mann zu heiraten oder dem Geliebten
zu entsagen; man denke an Grossmanns „Henriette", Lenz
„Hofmeister", Sprickmanns „Schmuck", Beils „Einöde"
u. s. w. In Anton-Walls „Arrestant" geht die Bizarrerie
soweit, dass der alte Obrist den Geliebten seiner Tochter
vorläufig abfahren lässt, nur um das Vergnügen zu haben,
späterhin wieder alles ins reine zu bringen und der Tochter
eine freudige Ueberraschung mit der Hand dieses längst
ausersehenen Schwiegersohnes zu bereiten. Zuweilen findet
es sich, dass ein alter Offizier einen edelgesinnten jungen
Mann ins Herz geschlossen hat, was jedoch kein Abhaltungs-
grund ist, denselben ein misanthropisches Misstrauen fühlen
zu lassen und ihn gelegentlich bis aufs äusserste zu reizen
und zu beleidigen, so in Bonins „Postmeister" und „Hass
und Liebe", Schröders „Fähndrich", Schletters „Familien-

pokal". Möllers „Graf Walltron" u. a. m. Gerne bürdet
man dem wackeren Kriegshelden einen geistigen Defekt
auf oder macht ihn siech und krank: Walltron leidet an
wahnwitzigen Wutanfällen, die Väter im „Arrestanten" und
im „Fähndrich" sind gemütskrank. Sterbende Generale
bringt Beils „Curd von Spartau" und Leos „Generalmarsch". Einen qualvollen Eindruck macht das Siechtum
des Majors in Beils „Einöde" und des Generals in Brömels
„Adjutant". Anstössig und geschmacklos ist in letzterem
Stück der Krankenbesuch des Regimentsfeldscher, der sich
nach der Wirkung eines Brechmittels und nach der Kolik
seines Patienten erkundigt. Das ungesündeste aber in
pathologischer Empfindelei wagte Kotzebue in „Armut und
Edelsinn" dem duldsamen Hörer zu bieten. Dort treibt
der Major Plum einen melancholischen Götzendienst mit.
allem, was ihn an seine vor langen Jahren heimgegangene
Geliebte erinnert. In schwarz verhangenem Gemach, das
seine Manie zum Heiligtum des Erinnerungskultes geweiht.
hat, überlässt er sich den Ausbrüchen einer widerlichen
Sentimentalität und affektierten Misanthropie. — Ein Haupt-
charakteristikum des grillenhaften militärischen Sonderlings
ist endlich sein Hang zur Wohlthätigkeit, dem er aber in
seiner Eigenschaft als bourru bienfaisant nur im geheimen
fröhnt, wie einer verbotenen Passion.

Die monarchischen und patriotischen Tendenzen, aus
denen das eigentliche Soldatenstück hervorgegangen ist,
haben ihr Seitenstück in den demokratischen Tendenzen
des bürgerlichen Dramas. Man machte die Bühne zum
Forum für die Kritik gewisser sozialer Missstände und
Schäden der Gesellschaft und nahm Stellung gegen die
Verderbtheit der Hofwelt, die Misswirtschaft der Beamten-
kreise, lächerliche Ueberhebungen des Adels, Bedrückung
des Bürgerstands u. s. w. Zugleich lenkte man die Aufmerksamkeit auf die gesünderen Elemente des Volksganzen,

indem man einzelnen Mustertypen daraus die passive Dulderrolle in diesem sozialen Drama zuwies. Dass es trotzdem
dabei nicht an zuversichtlichen Loyalitätsbezeugungen
fehlte, brachte das Zeitalter der absoluten Monarchie mit
sich. Wie die oben angeführten Beispiele zeigen, passte
sich die Auffassung der Person des Fürsten als eines
Landesvaters durchaus den Tendenzen des bürgerlichen
Dramas an, dessen Hauptgedanke: Eltern wollen ihre
Kinder glücklich sehen, hier auf einen Fürsten und sein
Volk übertragen wird. Der Fürst wurde geschildert in der
schlichten Rolle eines Hausvaters, der seinen Kindern —
Mitgliedern der grossen Volksfamilie — williges Gehör
schenkt, um ihre Wünsche und Klagen entgegenzunehmen
und der das in ihn gesetzte Vertrauen rechtfertigt, indem
er dem erkannten Uebel abhilft und dem Unrecht steuert.
Geeigneter konnte nun kein Stand erscheinen, die Mängel
der sozialen Verhältnisse zur Anschauung zu bringen, als
der des verabschiedeten Offiziers, bei welchem Verdienst
und Belohnung im schneidendsten Gegensatze stehen. Die
Zeitläufte hatten dafür gesorgt, dass es der Urbilder für
die Gestalt des notleidenden, mitleidwürdigen Kriegers
nicht zu wenige gab. Freilich geschieht es meist, wo ein
einflussreiches Vorbild eine Gattung in der Dichtkunst er-
zeugt, dass allmählich die Berührungen mit der Aktualität
sich abstreifen und dass das Individuum sich dem dog-
matischen Zwang des Gattungsbegriffs unterordnet. Dies
führt einerseits zu Einförmigkeit und Einseitigkeit und
schützt andrerseits nicht vor Entartung. Tellheim war das
Musterexemplar geworden und was ihm das Drama in
der Folge an die Seite stellte, das waren alles mehr oder
weniger wohlverstandene Tellheime. Man hat deren kennen
gelernt im Beispiel des Grafen Freaugeville in Stephanies
„abgedankten Offizieren" und des Leutnants Tapfer in
Lederers „Gutem Joseph". Das Charakterbild des ver-

abschiedeten Offiziers muss aber, seiner wichtigen Stellung im bürgerlichen Schauspiel wegen, noch weiter verfolgt werden und sind darum noch einige Beispiele heranzuziehen. Zu jener Gruppe von moralischen Lustspielen mit verarmten Kriegern, gutherzigen Leuten aus dem Volk, grausamen Bedrängern und grossmütigen Fürsten, als deren Beispiele oben die Stücke von Lederer, König, Fischer und Protkhe genannt sind, zählen noch — als bedeutend schwächere Produkte „der dankbare Fürst" von Franzky und „Deutsche Treue" o. V. (Verz. 204). Ihr Inhalt deckt sich ungefähr mit dem der erstgenannten. Wichtiger ist der ebenfalls hierher gehörige „Landesvater" von Brandes, weil hier die gewissenlose Höflings- und Intriguenwirtschaft am Hofe eines energielosen und verkommenen Statthalters geschildert wird in einer Menge von lose aneinandergereihten Szenen. Unter den Opfern dieses Regiments befindet sich Weghorst, ein verabschiedeter und gänzlich verarmter Offizier, den die Not, trotz seines Stolzes, zur Bestechung einer Kreatur des lasterhaften Statthalters zwingt, der seiner Tochter nachstellt. Mit dem Wirt Ekkert, einem früheren Husaren, der gutherzig den notleidenden Offizier bei sich aufgenommen hat, beabsichtigte Brandes eine Ehrenrettung des Lessingschen Wirts. (Dieselbe Tendenz verfolgte schon Stephanie in den „abgedankten Offizieren" mit der Figur des Gastwirtes Kranz, andere folgten. z. B. Brühl in „Edelmut stärker als Liebe" und Beil in der „Familie Spaden"). Ekkert ist so geschwätzig, dreist und rührig, wie all seine Zunftgenossen im Lustspiel, hat aber ein bedeutend menschenfreundlicheres Aussehen als die üblichen devoten Spitzbuben seines Metiers. Kotzebues „Verleumder" lehnt sich ziemlich dreist an den „Landesvater" an. Auch dort thut ein heruntergekommener Hauptmann vergebliche

Schritte beim Minister, um zu der verdienten Pension zu kommen. Auch dort herrscht die verworfene Intrigue, die streberische Schurkenhaftigkeit bei Hofe und gewissenloser Leichtsinn in hochgestellten Beamtenkreisen. Hier wie dort ist der Statthalter bezw. Minister nur von elenden Kreaturen missleitet, schwach und der Reue fähig, wie der Prinz in „Emilia Golotti"[26]). Aehnliches Milieu findet sich auch in Ifflands „Dienstpflicht" und dem „Spieler".

Hier bringt die episodisch verwendete Figur des Unteroffiziers Gruner das ganze herbe Elend eines verdienten und tapferen, dabei aber schmählich übergangenen Vaterlandsverteidigers zur Anschauung. Dort ist der alte Leutnant v. Stern ohne Verschulden ins Elend gestossen worden. Seine Verdienste, seine Ehrenhaftigkeit, sein Stolz bilden einen erschütternden Gegensatz zu der Bettlerrolle, zu der er sich zwingt. Mit der Hartnäckigkeit der Verzweiflung antichambriert er beim Kriegsminister. Etwas von Tellheims Bitterkeit liegt in seinen Worten: „Ihre Exzellenz, wenn bei den Obern solche Dienste vergessen werden können, als ich das Glück hatte, dem Vaterlande zu leisten, so ist es unter der Würde dessen, der geleistet und gelitten hat, sie anzupreisen." Auf denselben Pfaden wandelt endlich der dramatisierte Roman „das Einverständnis, oder: auch unter dem besten Fürsten kann so etwas geschehen" o. V. (Verz. 160). Der Stoff des „Landesvaters" ist hier ins Monströse gesteigert, was die stärksten Zweifel gegen die im Nebentitel ausgesprochene naive Behauptung veranlasst. Beamtenkniffe und Gewaltthätigkeiten, Weiberherrschaft, Intrigue, Laster u. s. w. füllen die endlosen Szenen aus. Natürlich fehlt auch nicht der kassierte Hauptmann, der mit Weib und Kind ins Unglück gerät, weil er zu nachsichtig mit seinen Untergebenen verfahren ist. In ähnlich bedrückter Lage befindet sich auch sein Kamerad, ein alter Leutnant. Vielfache, unver-

kennbare Dialektanklänge verweisen diese dramatische Miss-
geburt nach dem damaligen Hyperboräerland in Sachen des
Kunstgeschmacks: nach Bayern.

Eine Abwechslung in der Monotonie rührender Effekte
glaubte Beil in der „Einöde" zu schaffen, indem er seine
bankerotten Kriegshelden vier Akte hindurch vor das Ge-
spenst des Hungertods stellte. Diese dramatische Verirrung groteskester Art verdient darum Erwähnung, weil
ihre Mache ein besonders charakteristisches Beispiel dafür
giebt, wie aus seichter Empfindsamkeit, aus gewaltsam
herbeigeführten Zufallsfügungen und aus dilettantischer
Zusammensetzung verbrauchter Motive ein echtes Schau-
spielerstück von theatralischer Wirkung, aber ohne allen
ernsten Gehalt und innere Wahrheit zurechtgemacht wurde.
Der Inhalt ist kurz folgender: der alte Major v. Ralldorf
hat Hab und Gut durch die Intriguen des Kammerherrn
v. Fliesbach eingebüsst. Dieser verjagt ihn von Haus und
Hof. Ganz kann sich aber Ralldorf nicht von seinem geliebten ehemaligen Landsitze trennen. Er siedelt sich mit
dem treuen Birg, seinem ehemaligen Schlossverwalter, in
einer verrufenen Gegend, am Eingang einer tiefen Waldung
an der sächsisch-böhmischen Grenze an, von wo aus er zu
jeder Zeit seinen alten Rittersitz und dessen verhasste Be-
wohnerschaft vor Augen hat; ein Anblick, der in seinem
Herzen eine ganze Skala von Gemütsbewegungen, von
trauernder Wehmut bis zum brennenden Rachedurst lebendig
erhält. Von den kümmerlichen Ueberresten seines Ver-
mögens gründet er eine Herberge und nennt sie „zur
Freistatt müder Pilger." Er zählt also auch zu jener
Gattung von unmöglichen Wohlthätern, die an der Barm-
herzigkeit wie an einem Laster kleben, denen selbst das
äusserste Elend nicht verbietet, mit der Nächstenliebe ein
kokettes Spiel zu treiben. Dieser neugewählte Lebens-
zweck erweist sich nun bald als unerspriesslich und schon

zu Beginn des Stückes sind die beiden Einsiedler halbtot
vor Hunger und Entkräftung. Die letzte und einzige
Hoffnung setzt Ralldorf auf seinen Sohn, der als sächsischer
Hauptmann den bayrischen Erbfolgekrieg mitgemacht hat
und nun nach dem Friedensschlusse zurückerwartet wird.
Er erscheint nun auch, begleitet von seinem Paul Werner,
einem ehemaligen Fourierschützen Namens Frey, aber
Rettung bringt er keine. Er ist mit seinem Freikorps
rücksichtslos verabschiedet worden und hat seine ganze
Barschaft unter die Soldaten an Stelle der ihnen vorent-
haltenen Belohnung verteilt. Dadurch aufs äusserste redu-
ziert, schlägt er sich wie ein Landstreicher bis zu seiner
Heimat durch. Die beiderseits erlebte Enttäuschung stürzt
Vater und Sohn nebst den beiden Getreuen in Verzweiflung. In dumpfer Apathie hungern die viere dem Ende
entgegen, als plötzlich ein im Walde von Weglagerern
überfallener herrschaftlicher Reisewagen der Aufmerksamkeit eine neue Richtung giebt. Man eilt zu Hilfe und
befreit die erschreckten Reisenden, die sich als Retter in
der höchsten Not erweisen. Denn es ist die vor Jahren
mit ihrem Geliebten durchgegangene Tochter Ralldorfs,
die von Reue gepeinigt samt ihrem Kinde auf der Suche
nach ihren Angehörigen im Lande herumreist. Sie ist
mittlerweile reich geworden und kann somit allen aus der
Not helfen. Den gepeinigten Hörer interessierte wohl vor
allem, dass ihre Reisevorräte an Lebensmitteln reichlich
genug sind, um die ganze darbende Gesellschaft zu sättigen.

Der extremsten Erniedrigung verfiel die Figur des
unglücklichen Offiziers in denjenigen Stücken, wo derselbe,
jeder persönlichen Würde entkleidet, als verkommener
Bettler und Landstreicher auftritt. um das Mitleiden mit
einer gefallenen Grösse im Herzen ehemaliger Freunde
bezw. Feinde zu erregen und eine edelmütige That zu
veranlassen. So findet es sich in Brühls „Bürgermeister“

wo das abgenutzte Motiv der unverhofft wieder auftauchenden Blutsverwandten[27]) auf den verwahrlosten Bettler Gotthelf, einen ehemaligen Offizier, angewendet wird, der von seinem Bruder, dem Bürgermeister, von der Strasse aufgelesen und wieder zu Ehren gebracht wird. Aehnlich ist der Inhalt der dramatischen Erbärmlichkeit „Wohlthun macht glücklich" von F. T. Senf. Wezels „Wildheit und Grossmut", Brühls „Rache", Seidels „Edelmut und Rachsucht" variieren, vielversprechend schon durch die pathetischen Titel die Nutzanwendung der christlichen Moral thut wohl denen, die euch hassen! Eine ungesühnte Beleidigung, eine verjährte Feindschaft zwischen zwei alten Soldaten wird zu Grabe getragen, indem der eine den andern nach Jahren im äussersten Elend wiederfindet und von Mitleid übermannt seine Rache in Wohlthätigkeit verwandelt[28]). Hempel gewann dem Stoff eine tragische Peripetie ab in dem Trauerspiel „Schwärmereien der Liebe und des Hasses": der alte Hass glimmt fort und fordert nach Menschenaltern noch neue Opfer. Das Stück beginnt wie die Mehrzahl der Hausvaterdramen: General Graf Walbrock kehrt nach sechsjähriger Abwesenheit im Felde nach Hause zurück. Beim Anblick seiner Tochter Antonie taucht in ihm die schmerzliche Erinnerung an seine Gattin auf, der die Geburt Antoniens das Leben gekostet hat[29]). Dieser Tochter hat er einen Bräutigam mitgebracht, der aber nicht erhört wird, da sich Antonie schon ihren Geliebten gewählt hat und zwar einen Kriegsgefangenen, den ihr Vater unbedachtsam vorausgesandt hat. Der General hat zwar nichts gegen diese Wahl einzuwenden, wünscht aber, dass Herr v. Ries — dies ist der Bevorzugte — sich zuvor hinreichend über Stand und Familie ausweise. Dies vermag der junge Offizier so lange nicht, bis ihm sein heimlich und in Verkleidung erscheinender Vater den Aufschluss giebt, dass er der Sohn des Todfeindes von Wal-

brock ist. Der Vater heisst Graf Drüden, ist ehedem von
dem General, seinem Vorgesetzten, der Meuterei überführt
und zum Tode verurteilt worden. Er ist entwichen und
seitdem von Stufe zu Stufe herabgesunken. Nur im
brennenden Gefühl des Hasses und des Rachedurstes fristet
er noch sein elendes Dasein. Nun ist die Stunde der Ver-
geltung da. Er zwingt den Sohn, auf Antonien zu verzichten und ihm ein Werkzeug der Rache gegen den
General zu sein. In ratloser Verzweiflung |entdeckt sich
der Sohn dem General und verliert infolge seiner Ent-
hüllungen die Anwartschaft auf Antoniens Hand. Da be-
schliesst er zu sterben und das in Gemeinschaft mit
Antonie. Er vergiftet sich; die Geliebte aber wird von
den Herbeieilenden noch rechtzeitig gerettet.

Aus den gegebenen Beispielen erhellt nun hinlänglich,
dass bei der Verwendung des Tellheimschen Typus — wenn
man diesen Ausdruck wagen darf — als Triebkraft für
die dramatische Wirkung fast ausschliesslich das Mitleid
mit der passiven Dulderrolle eines dürftigen und fadenscheinigen Ehrenmanns massgebend gewesen ist. Spuren
eines inneren Konflikts finden sich nur da, wo man den
verarmten Offizier auch noch mit häuslichen Misshelligkeiten
belastete und ihn um eine verführte Tochter, einen liederlichen Schwiegersohn u. dgl. m. Klage führen liess. Der
subtile Zwiespalt aber in der Seele Tellheims, der das warme
Herz und die kalte Vernunft in Kollision bringt, ein Zwiespalt, der nur in ausserordentlichen, vornehm gearteten Seelen
statt hat, bei dessen Betrachtung das gewöhnliche Gefühl
des Mitleids weit überwogen wird von dem der sittlichen
Wertschätzung, ist unverstanden geblieben bei den Nachahmern, die sich nur für die Situation Tellheims und nicht
für die psychologischen Bedingungen derselben interessierten.

Man begnügte sich, dem duldenden Helden das mög-
lichste an Missgeschick auf die Schultern zu legen, ohne

von dem Vorbilde zu lernen, dass Tellheim infolge der
konsequenten Korrektheit seiner Ehr- und Moralbegriffe
sein Unglück der Hauptsache nach selbst gewollt hat, da
er die zur Verbesserung seiner Lage führenden Wege nicht
einschlagen konnte und wollte. Ueberaus selten sind die
Fälle, wo bei einem Militär die spezifischen Eigenschaften
des Standesbewusstseins und der strengen Rechtlichkeit
nicht blos Phrase sind und durch Entwicklung ihrer
ethischen Kraft ein etwas hervorbringen, das einer dramatischen Spannung gleicht.

Ich streife flüchtig zwei Beispiele hiefür: „die Erb-
schaft" von Buri-Borchers und „So handeln Freunde" o. V.
(Verz. 166); das erste ein hübscher dramatischer Vorwurf,
der unter berufeneren Händen, als denen seiner Autoren
sich wirkungsvoll hätte gestalten können, das andere eine
Anekdote, aussprechend durch die glaubhafte Idee der
Standhaftigkeit eines Offiziers gegenüber den Lockungen
eines vorteilhafteren, aber moralisch unzulässigen Handelns.
Das Schauspiel „die Erbschaft" nennt die geschäftige
Kritik der Allgem. deutschen Bibliothek (Band 44, Stück 2,
S. 473) in der Ausführung schlecht und recht, nirgends
anstössig, aber auch ohne irgend etwas Auszeichnendes.
Das Auszeichnende aber besteht in der nicht alltäglichen
Erfindung der Fabel. Braunau, ein Offizier, erbt ein Vermögen, das aus unrechtmässigem Gute entstanden ist. Er
erfährt dies und fasst den Entschluss, es denjenigen zurück-
zugeben, welche von seinen Erblassern darum betrogen
worden waren, ob er sich gleich dadurch ausser Stand
setzt, Minna, seine Geliebte zu heiraten. Jetzt gerät der
Verfasser ins seichte Lustspielfahrwasser, da im folgenden
der glückliche Zufall als Helfer gerufen wird. Es trifft
sich nämlich gut, dass derjenige, dem das Vermögen gehört
hatte, Minnas Vater ist, ein französischer Offizier, der sich
heimlich vermählt, dann aber seine Frau verlassen hatte

und nun just zur rechten Zeit wieder erscheint. In dem Stück „So handeln Freunde“ ist bei der Figur des Helden Tellheim unverkennbar zum Muster genommen. Der Rittmeister v. Moorfeld bewahrt die Hinterlassenschaft seines im Feld gebliebenen Freundes Hornthal, um sie nach dem Willen des Verstorbenen dessen Sohn zu übermitteln, den Hornthal nie gesehen, da er vor dessen Geburt ins Feld ziehen musste. Moorfeld durchzieht mit seinem Diener Lewald — nebenbeigesagt eine der gelungensten Nachahmungen des Just — das Land, um nach der Spur der Witwe und ihres Sohnes zu forschen. Die Hinterlassenschaft enthält einen Brief mit 30000 Thalern, die Moorfeld, wenn er binnen 4 Jahren Hornthals Sohn nicht gefunden hat, sich zu eigen machen soll. Trotz mannigfacher und ausserordentlicher Entbehrungen bleibt Moorfeld seinem Schwur getreu, die Erbschaft trotz der längst hiezu erlangten Berechtigung nicht anzutasten und versetzt lieber in der Not das letzte, was er hat, einen Ring, das teure Erbteil seines Vaters. Der Rest ist schwach, denn wiederum muss der unwahrscheinliche Zufall alles zum Besten fügen. Unerkannt, da er den Namen seines Grossvaters angenommen, hält sich der Gesuchte schon lange in nächster Nähe des Rittmeisters auf und bewirbt sich eifrig um dessen Tochter Julchen, die ihm der Alte, ein starker Doktrinär, seither versagt hat, indem er ihm in langen Reden seine Ansicht über die mangelnde Berechtigung eines Ehebündnisses zwischen Liebenden, denen sich äussere Schwierigkeiten in den Weg stellen, auseinandersetzt. Beide Liebenden sind nämlich vermögenslos. Endlich aber kommt die Wahrheit an den Tag und alle Hindernisse fallen dahin.

Die verschiedenen Faktoren, aus denen sich das Stück bedeutsamer Lebensgeschichte zusammensetzt, das Lessing bei der Vorführung seines Helden vor uns aufrollt, die angegliederten Episoden des Dramas, die Nebencharaktere,

kurz alle Elemente, deren meisterhafte und doch einfache
Gruppierung den Rahmen gab zu dem Charakterbilde Tellheims, verdienen in Bezug auf spätere Nachahmung oder
Umformung noch einige Beachtung; desgleichen sind noch
heranzuziehen gewisse Charakterzüge Tellheims, zu denen
sich späterhin Beziehungen nachweisen lassen und endlich
Lessingsche Gedanken, die sich gewiss in weit ausge-
dehnterem Masse, als hier zu verfolgen möglich war, dem
Drama der Zeit assimiliert haben. Dies bildet zugleich
den letzten Teil der Aufgabe, den sich vorliegende Arbeit
gestellt hat.

Tellheim hat in den sächsischen Aemtern von Minnas
Heimatsgegend die Kriegskontribution einzutreiben und
schiesst grossmütig die fehlende Summe vor. Dieser Zug
findet sich wieder in Brühls „Findelkind" und „Brandschatzung" [30]. ebenso in Kotzebues „Brandschatzung".
Bei Tellheim bedingt diese Handlung den Ruin seines Ver-
mögens. Den Helden obiger Stücke bereitet ihre Frei-
gebigkeit weiter keine Ungelegenheiten, so wenig als all
den unzähligen Wohlthätern auf der Bühne, die ohne alle
Sorge und Bedenklichkeit mit vollen Beuteln um sich
werfen. Anders ist es in Beils „Einöde" (siehe oben
S. 55) und Jüngers „Strich durch die Rechnung". Der
aimable débauché in letzterem Stück, ein junger Offizier,
schiesst einer vom Feinde verwüsteten Ortschaft 6000
Thaler vor, hilft und borgt leichtsinnig seinen Kameraden,
bis er selbst nichts mehr hat.

Der beschimpfende Verdacht, dem Tellheim verfällt,
kam sehr in Schwang, wo der Held zum moralischen
Märtyrer gemacht werden sollte. Bei Tellheim handelt es
sich um eine geargwöhnte unrechtmässige Selbstbereicherung.
Dies wurde zum vermeintlichen Gelegenheitsdiebstahl in
Schröders „Fähndrich", Schletters „Familienpokal", Kotzebues „Armut und Edelsinn", zur Unterschlagung in Frikkes

„Freundschaftsdienst" u. a. m. Feigheit, Verrat und Desertion wurde im Soldatenstück wackeren Offizieren imputiert.
Wohl scheint es ferne zu liegen, all diese Fälle mit dem
Tellheims in Beziehung zu bringen. Die Vergleichung ist
aber berechtigt, insofern die militärische Geradheit, die
schon erwähnte Entwöhnung von Eigennutz und Gewinnsucht, die Verachtung aller Winkelzüge und Schleichwege
in den Augen des vermeintlichen Schuldigen sowohl, als
in denen seiner Umgebung ein augenscheinliches Vergehen
um so schwerwiegender und schimpflicher erscheinen lassen,
als es mit dem sonstigen Wesen des Angeschuldigten nicht
in Einklang zu bringen ist. Die Helden ertragen alle wie
Tellheim den entehrenden Verdacht abwechselnd mit
äusserster Erbitterung oder mit herber Gelassenheit. Auch
sind überall die nächsten Freunde von der Unschuld des
Helden überzeugt.

Tellheim hat als armer Offizier unter der Nichtachtung
einer charakterlosen, eigennützigen Kreatur zu leiden, der
die Habsucht nur vor einem vollem Beutel und einer frei-
gebigen Hand Respekt abnötigt. Der Wirt weist ihn ohne
Besinnen aus dem Haus, als sich ihm die Aussicht eröffnet,
mit den neuen Gästen ein einträglicheres Geschäft zu
machen. Dies wiederholt sich in Lederers „abgedanktem
Offizier", in der „Waise" von König, in Beils „Einöde",
Seidels „Edelmut und Rachsucht", Wezels „Wildheit und
Grossmut". Häufig findet es sich, dass ein Offizier in die
Hände eines unbarmherzigen Gläubigers gerät; so in
Stephanies „Abgedankten Offizieren" (die burleske Gestalt
des Juden Pinkus, des zähen, ewig geprellten Gläubigers,
zählt viele Leidensgenossen im Lustspiel), in Franzkys
„Dankbarem Fürsten", Brühls „Edelmut stärker als Liebe",
Kotzebues „Armut und Edelsinn" [31]).

Tellheim sieht sich in der Not gezwungen, ein teures
Andenken, seinen Verlobungsring zu versetzen. Diese

Ringversetzgeschichte erhielt eine Parallele in Sprickmanns „Schmuck" (hier giebt der verarmte Hauptmann Wegfort den ganzen Schmuck seiner Gattin daran), „So handeln Freunde" (Verz. 166), „Armut und Edelsinn" von Kotzebue und „Der seltene Onkel" von Ziegler. Im 3. Aufz. 2. Auftr. giebt Just der Franziska eine höhnische Schilderung von der Trefflichkeit aller seiner Vorgänger, die den Major bestohlen haben und dann entwichen sind. Dies gab Kotzebue Stoff zu einer derben Bedientenszene in der „Silbernen Hochzeit". Im 3. Aufz. 1. Auftr. beraten sich der Jäger und der Diener des gestürzten Ministers, Grafen Lohrstein, dem sie auf seiner Flucht bis an die Landesgrenze gefolgt sind, ob sie das „Hundeleben" mit dem Herrn noch länger teilen wollen oder nicht. Sie entschliessen sich zu letzterem und machen sich aus dem Staube nachdem sie ihrem vor Ermattung eingeschlafenen Herrn noch das Kästchen gestohlen, in dem sich seine letzte Barschaft befindet. Ferner ist hier zu erinnern an die Szene zwischen Mainaus Diener Franz und dem naseweisen Kammermädchen Lotte in Kotzebues „Menschenhass und Reue" (3. Aufz. 2. Auftr.)[32]. In Grossmanns „Nicht mehr als sechs Schüsseln" schildert der Diener Friedrich dem Kammermädchen Louise höhnisch die Vorzüge seines feinen Nebenbuhlers Philipp.

Auf das kordiale Verhältnis zwischen Major und Wachtmeister wurde schon hingewiesen. Er kehrte unzählige Male mit grösserer oder geringerer Feinheit in humoristischer, derb volkstümlicher oder sentimentaler Färbung wieder. Die Weigerung Tellheims, das Werner geborgte Geld wieder zurückzunehmen, findet sich auch in Perinets „Freikorps". Dort aber ist der Schuldner ein ehrlicher Jude, der dem verabschiedeten Rittmeister Bogen pünktlich eine geborgte Summe zurückbringt. Bogen heisst es ihn wieder mit-

nehmen, aber er solle sich darauf gefasst halten, dass er,
der Rittmeister, es vielleicht in einiger Zeit brauche.
Tellheims stolze ritterliche Natur bäumt sich dagegen
auf, sein Glück aus den Händen einer Frau zu empfangen.
Der Energie des Kriegsmannes widerstrebt es, sich Verhältnissen unterzuordnen, die er sich nicht selbst geschaffen
hat, die Gewalt über seine Freiheit bekommen könnten. Mag
es eine bizarre Laune sein, keinen Menschen etwas schuldig
werden zu wollen, so ist es doch edel und männlich gedacht, die Liebe der Frau nur unter der Form der sittlichen Achtung und nicht unter der der „blinden Zärtlichkeit" anzunehmen. — Es ist nun lehrreich zu untersuchen,
wie dieser mit feinstem psychologischen Verständnis durch-
geführte Charakterzug in den häufigen Nachahmungen sich
gestaltete.

Unwert einer näheren Würdigung ist die abenteuerliche Erfindung in Kretschmanns „Belagerung", dass ein
General, um nicht ferner von seiner Gemahlin Gelde zu
zehren zum Feinde übergeht. Es läuft bei diesem Motiv
wie bei den anderen in dem geringwertigen Stück nur
darauf hinaus, die abenteuerliche Situation zu erzwingen,
dass ein Vater seine eigenen Söhne belagern muss und
dabei die verwandtschaftlichen Neigungen in fortwährendem
Widerstreit liegen mit der Pflichterfüllung und der Soldatenehre. Ich übergehe ein weiteres Stück, „die schwarze
Frau" (Verz. 187), eine niedrige Posse, in deren Handlung
ein unfähiger Anonymus, wahrscheinlich ein Schauspieler,
den angedeuteten Lessingschen Gedanken erbärmlich und
unbeholfen eingeflochten hat. Schröders Major v. Selting
in der „unglücklichen Ehe durch Delikatesse" ist ein pathologischer Charakter, wie auch Harrwitz im „Fähndrich".
Die Majorin sagt von ihrem Gatten: „die Leiden seiner
Jugend machten ihn misstrauisch und menschenfeindlich;
dass er sich alles selbst zu danken hat, machte ihn stolz.

Er erkennt kein ander Verdienst, als das der Degen erwirbt." Deshalb verbietet ihm seine „Delikatesse" ein intimeres Verhältnis zu seiner edeln Gattin, die selbst reich, ihn den Vermögenslosen geheiratet hat. Dass aber der eigentliche Grund dieser unerquicklichen Beziehungen zwischen den beiden Gatten nicht dem bizarren Ehrgefühl Seltings, sondern vielmehr seiner aus dem Gleichgewicht gebrachten Gemütsverfassung zuzuschreiben und dem kranken Manne darum nicht zu helfen ist, giebt die Majorin selbst zu mit den Worten: „wäre ich nicht reicher, als er, so würde er unaussprechlich leiden, dass er mir nicht alle Bequemlichkeiten des Lebens schaffen könnte." Wo ist da zu helfen? Sie verharrt denn auch in passiver Ergebung und nimmt die Kränkungen ihres Gatten, die sich bei dessen Verbitterung bis zur Aussprache unverhohlener Zweifel über ihre Ehrbarkeit versteigen — ein Zug krankhafter und niedriger Eifersucht, der bei Tellheim undenkbar wäre — mit grosser Gelassenheit hin, wobei der Verfasser nicht den leisesten Versuch macht, ihren Charakter in den des unternehmenden und zielbewussten Fräuleins v. Barnhelm überzuführen, das in impulsiver Munterkeit die siegreichen Eigenschaften des Weibes gegen Starrköpfigkeit und unpraktische Ehrbegriffe eines dem König wegzukapernden Offiziers ins Feld führt. In Grossmanns „Nicht mehr als sechs Schüsseln" und Schletters „Familienpokal" ist die Weigerung des jungen Offiziers seiner Geliebten anzugehören weil er arm, sie reich ist, ins Sentimentale gezogen, was entfernt nichts mit der imponierenden Charakterstärke Tellheims zu thun hat. In diesen Stücken pflegen die unbemittelten Offiziere mit Seufzen und Thränen eine Liebschaft, die sie der angedeuteten Umstände halber für unerspriesslich erkennen. Aber dass männliche schweigende Entsagen fällt ihnen zu schwer. Müssen sie auf die Liebe verzichten, so fordern sie doch wenigstens das Mitleid.

Empfindsam und beweglich erklingen vor der Geliebten
ihre Klagen über des Schicksals Härte. Tellheim hingegen
lässt sich das Geständnis der für ihn bei dem Verzicht
massgebenden Gründe halb widerwillig entreissen und un-
zufrieden mit seiner Schwäche zwingt er sich zu dem Be-
kenntnis, dass er Minna noch liebe. Den innern Kampf,
den er bei der Loslösung von der Geliebten durchgerungen
hat, war er Willens, in sich begraben sein zu lassen.
Nachdem er äusserlich, kraft einer furchtbaren moralischen
Anspannung, die Ruhe wiedergewonnen hat, geschieht es
ihm zum höchsten Verdruss, dass der Zwiespalt seines
Innern, anscheinend zwecklos, noch einmal beschworen wird.

In Kotzebues „Armut und Edelsinn" ist die 4. Szene
des 2. Akts nach dem Muster der ersten und zweiten
Unterredung Tellheims mit Minna (2. Aufz. 9. Auftr. und
4. Aufz. 6. Auftr.) zugeschnitten. Der schwedische See-
leutnant v. Cederström, der wegen politischer Umtriebe
des Landes verwiesen ist, begehrt eine Waise, die er
arm glaubt, zur Gattin. Ihrer Neigung noch nicht gewiss,
macht er seine bitteren Glossen darüber, dass ein reicher
Schurke ihr ungestraft den Hof machen darf, denn „nur
der Reiche darf alles" seiner Meinung nach. Louise, die
Waise macht ihm begreiflich, dass Armut der geringste
Fehler eines Mannes ist, dass aber nur Liebe, Redlichkeit
und Treue bei einem Mädchen von ihrer Gesinnung den
Ausschlag geben werden. Auf diesen Wink hin erklärt
sich Cederström und wird erhört. Einen idealen Wunsch
sieht er erfüllt: er hat eine Geliebte gefunden, die mit ihm
darben will! Da entdeckt sie ihm jedoch, dass sie ihren
Vater wiedergefunden hat und dass dieser wohlhabend ist.

C. Gott! was höre ich!

L. Freuen Sie sich mit mir.

C. Ich mich freuen? O Sie haben durch dieses Wort
alle meine Hoffnungen zu Boden geschlagen.

L. Was soll das?

C. Der arme Cederström durfte sein Auge zu der armen Louise erheben —

L. Welche Grille?

C. Die reiche Louise ist für den armen Cederström verloren?

L. Macht uns nicht die Liebe gleich? [33])

C. Nur in Gottes Augen!

L. Ist dass nicht genug?

C. Nein, die Liebe ist mein Freund, die Ehre ist mein Tyrann! Ich gehorche wider Willen, aber ich gehorche! Dass der Mann arbeite und das Weib die Früchte seiner Arbeit geniesse, das will die Natur. Aber dass der Mann nur im Wohlleben von dem Vermögen seiner Gattin schwelge, das verbietet die Ehre" [34]).

Die Ehre also ist sein Tyrann, denn sie verbietet ihm eine Handlungsweise, die aber zugleich nach seiner eigenen Erklärung der Natur zuwider ist. Also wäre in diesem Falle bei Kotzebue das Gesetz der Ehre und das der Natur offenbar identisch. Dieses proklamiert der Held mit männlicher Ueberzeugung, jenem fügt er sich mit allen Zeichen des Widerwillens! Der hochtrabenden Phrase wurde einfach der vernünftige Gedanke geopfert oder vielmehr, Kotzebue ist in das Wesen der Ehre überhaupt nicht eingedrungen. Wie hätte ihm denn sonst der fatale Missgriff passieren können, die Natur und die Ehre in in einem Atem zu nennen, wobei er doch offenbar die letztere als eine Tyrannei des Vorurteils aufgefasst wissen wollte. Es ist wahr: man konnte über die Heiligkeit der Soldatenehre verschiedener Ansicht sein, je nach dem Standpunkt den man vertritt. Das Fräulein v. Barnhelm zum Beispiel ist sehr geneigt, das Palladium der Liebe über das der Ehre zu stellen und in der That giebt sie sich eine Zeit lang die grösste Mühe, ihrer weiblichen

5*

Ueberzeugung zum Siege zu verhelfen. Sie giebt zu, dass
es nicht die Sache einer Frau sei, das Wesen der Ehre zu
ergründen und zu erklügeln. Der Gegenstand ist ihr zu
kompliziert und so definiert sie denn verblüffend einfach :
die Ehre ist — die Ehre! Das ist ganz weiblich; doch
sie fühlt unausgesprochen, dass die Ehre „nicht die Stimme
unseres Gewissens, nicht das Zeugnis weniger Recht-
schaffenen", sondern die festbegründete Maxime eines bevorzugten Standes ist, eine Maxime, die durch die jüngsten
historischen Vorgänge, in denen sich dieser Stand so
glänzend bewährt hatte, eine unanzweifelbare Autorität
empfangen hat. So kann denn die Ehre nach der Auffassung eines Laien wohl ein Vorurteil genannt werden,
aber es ist ein unantastbares, historisch gerechtfertigtes
Vorurteil. Für einen Tellheim hingegen ist die Ehre einfach ein sittliches Postulat. Er sieht in ihr lediglich
die positive Moral seines exklusiven Standes. Ehre und
Gerechtigkeit sind für ihn untrennbare Begriffe. Er ist von
ihrer Heiligkeit und Unverletzlichkeit so völlig durchdrungen — und so musste es jeder Offizier sein —, dass
er lieber zu Grunde gehen möchte, ehe er nicht ihre
Forderungen im Interesse dieses Standes bis zur äussersten
Konsequenz erfüllt sähe. Es ist daher völlig ausgeschlossen,
dass Tellheim in seinem Gerechtigkeitsdurst die Schwäche
gehabt haben könnte, sich über die Strenge der Ehrbegriffe
zu beklagen, weil sie unglücklicherweise in Konflikt mit
Privatrücksichten geraten waren, die theoretisch gar nicht
mehr für ihn existieren konnten von dem Augenblick an,
wo ihm deren Weiterverfolgung als feige nnd unmännlich
erscheinen musste. Mochte etwas Starres und Unbiegsames
in diesem heroischen Ehrbewusstsein liegen, immerhin war
es die konsequente Durchführung eines für alle Angehörigen des Soldatenstandes heiligen und unantastbaren
Grundsatzes. Wer anders dachte und handelte, der be-

zeugte damit, dass er das Wesen der Ehre nicht verstand oder
verstehen wollte und dies ist Kotzebues Fall, der für
seinen kläglichen Helden die Ehre zum Popanz gemacht hat.
Cederström, von diesem Popanz in Aufruhr versetzt,
macht aus der Erfüllung der Ehrgebote eine alberne Pedanterie, indem er nach einem Mittel sucht, die Forderungen
seines Standes mit denen seiner Neigung in Einklang zu
bringen, das heisst in diesem Fall, möglichst rasch zu
einem Vermögen zu kommen. Unglaublich naiv ist der
Ausweg, auf dem er verfällt; „Ich will fort — ruft er
mit kindischem Pathos — fort in die weite Welt! ich
nehme nichts mit als das Andenken Deiner Liebe! („In
Persien, Herr Major, giebts einen trefflichen Krieg; was
meinen Sie?" möchte man ihm mit Paul Werner zurufen.)
Im Getümmel der Schlachten will ich dein Bild auf jeder
Fahne sehen und wo man nur meiner Liebe danken sollte,
da wird man meinen Heldenmut preisen! — Wenn dann
der Fürst, dem ich diene, mich durch Ehrenzeichen belohnen will, Ehrenzeichen, die vormals mein höchster Wunsch
waren; so will ich mich ihm zu Füssen werfen: Fürst! —
will ich sprechen; ich habe kein Gefühl für die Ehre (!),
nimm deinen Orden zurück und gieb mir Geld! Meine Geliebte ist reich! Ich brauche Geld! auf dass ich ohne Scham
mich vor ihren Vater hinstellen und sagen darf: gieb mir
deine Tochter!" (Hiermit vergleiche man die dieser platten
Tirade zu Grunde liegende 1. Szene des 5. Aufz. in der
„Minna"!)
    Dieser affektierte „Edelsinn" berührt fast widerlich.
Die tragische Grösse von Tellheims Unglück schmilzt hier
zu einer lächerlichen Geldbeutelaffäre zusammen. Und dieser
leidige Geldmangel gab, unnatürlich aufgebauscht, den Stoff
zu einem unverstandenen Konflikt zwischen Liebe und Ehre!
— Nun aber höre man den charakteristischen Schluss der
unwahren Edelmutskomödie!

Louisen wird bange bei der unheimlichen Entschlossenheit ihres Geliebten. Sie zieht ihre Base Josephine, eine muntere und energische Mittelsperson, ins Vertrauen und diese übernimmt es, Cederströms Ehrbegriffe auf ein bescheideneres Mass zu reduzieren. Der Geschulmeisterte benimmt sich kläglich dabei. Er verspricht, seine unsicheren Finanzprojekte noch eine Weile aufzuschieben. Währenddessen deponiert Louise heimlich einen Wechsel von hohem Betrag in seinem Zimmer. Er schreibt das Geschenk dem ihm wohlwollenden Major Plum, Louisens Vater zu, den er in dieser Eigenschaft noch nicht kennt. Als er sich aber zu diesen begiebt, kommt die Wahrheit an den Tag und umworben von Vater und Tochter, sagt er dem point d'honneur Valet und sinkt Louisen in die Arme.

Gegen solch gesuchte Unnatur und gegen die dilettantische Auslegung unverstandener Ehrbegriffe fallen die Worte Goethes von dem aus dem bedeutenden Leben gegriffenen Meisterstück von spezifisch temporärem Inhalt, von vollkommen norddeutschem Nationalgehalt, als das er bewundernd Lessings „Minna" anerkennt, schwer ins Gewicht. Fast zu milde urteilt denn auch die epigrammatische Invektive A. W. v. Schlegels:

> Armut und Edelsinn! Das ist ja für alle der Wahlspruch:
> Selig die Armen an Geist, denn sie sind edel — versteht![35])

Kotzebue bezeichnet übrigens nicht die niedrigste Stufe in der kasuistischen Auslegung des point d'honneur, zu welcher der Fall Tellheim die Veranlassung gegeben hatte. „Armut und Edelsinn" stellt doch wenigstens ein Etwas auf, das an den interessanten Seelenzustand Tellheims erinnert. I. K. Wezels „Eigensinn und Ehrlichkeit" hingegen steht auf der Basis eines scheinbaren psychologischen Experiments, welches darthun sollte, dass man auch gegen Ehre und Pflichtgefühl handeln und sich

dennoch befriedigend mit seinem Gewissen abfinden kann.
Der Gegenstand ist eine Mesalliance von gewagtester und
unglaubhaftester Erfindung. Die Gräfin Wildruf liebt
Hermann, erst Armeefourier, dann Kammerdiener, jetzt
Informator ihrer Tochter und sucht sich seiner Liebe mit
hartnäckigster Ausdauer zu versichern. Respekt und Welt-
kenntnis halten Hermann davon ab, seine nicht minder
heftige Liebe merken zu lassen. So muss denn die Gräfin,
die ihn, wenigstens behauptet sie das, nur seiner vortrefflichen Charaktereigenschaften wegen besitzen möchte, seiner
Diskretion zu Hülfe kommen, indem sie das erste ent-
scheidende Wort spricht. Wezel lag ungemein viel daran,
diesen ungewohnten Schritt, das Unherkömmliche, fast
Indecente dieser Wendung zu motivieren. Wie er sich
damit abfindet, ist hier nicht weiter von Belang. Hermann
sind eine Reihe von Eigenschaften verliehen, die das Rezept
zu einem dramatisch interessanten Charakter anzugeben
scheinen. Die rauhe Schale seines Wesens besteht — nach
Wezels eigenen Worten ³⁶) — in Heftigkeit, Stolz, Eigensinn, Grillenhaftigkeit, bizarre Empfindlichkeit, gerade
Denkungsart, wunderlicher Sinn. Weniger schon hätte genügt, um Zweifel in sein normales geistiges Gleichgewicht
zu setzen, mag auch die Gräfin den Trumpf draufsetzen,
dass dieses psychologische Unikum „der ehrlichste, edelste,
beste Mann sei, den jemals die [Sonne beschienen hat.“
Um es nun als einen schweren Entschluss von Seiten
Hermanns darzustellen, seinem Glück in die Arme zu laufen,
nützt Wezel die Tellheimsche Weigerung, dasselbe einer
Frau verdanken zu wollen. Gleichwohl unterliegt Hermann
dem Ansturme der zähen Liebe der Gräfin. Jeder Schein
von Grossartigkeit der Charakteranlage schwindet aber bei
der leichtfertigen Behandlung eines schwerwiegenden Ge-
wissenskampfes, der Hermann bevorsteht, als er in der
Gräfin Kammerjungfer seine ehemalige Geliebte wiederer-

kennt, der er einst das Eheversprechen gegeben hat. Er
hatte allerdings Grund, sich seines gegebenen Wortes ent-
ledigt zu glauben, da das Mädchen nach seiner Vermutung
bei einem feindlichen Ueberfall in den Flammen eines
Hauses verbrannt war. Jetzt, wo die älteren Ansprüche
in ihr volles Recht wieder eintreten, quält sich Hermann
eine Zeit lang mit seinen Gewissensskrupeln herum, ohne
den Mut zu finden, gegen die Gräfin oder gegen seine
frühere Braut Farbe zu bekennen. Geschmackvoll vergleicht
er sich mit einem verhungernden Esel zwischen zwei Heu-
bündeln. Als die unternehmende Gräfin Wind erhält von
dem unvorhergesehen Hemmnis, redet sie ihrem unent-
schlossenen Geliebten ins Gewissen, dass er verpflichtet
sei, sie, die Gräfin nicht sitzen zu lassen und dass er
überhaupt von seinen Verpflichtungen gegen sie nicht mehr
zurückkönne. Die endgültige Entscheidung erleichtert sie
ihm durch die Aussicht auf eine angemessene Entschädigung,
die sie der verschmähten Zofe zu teil werden lassen will.
So entschliesst sich denn Hermann endlich, die älteren Verpflichtungen dranzugeben. Das tiefgekränkte Mädchen, das
mit unerschütterlichem Vertrauen auf Hermanns Liebe ge-
baut hat, wird abgefunden und verlässt stumm die Szene.

Es ist wohl denkbar, dass Wezel mit diesem aus Spitz-
findigkeiten und Ungereimtheiten zusammengesetzten, sogenannten Charakterstück Lessings Minna darin Konkurrenz
zu machen beabsichtigte, dass er die ausdauernde, gross-
mütige Liebe seiner Gräfin den Sieg davontragen lässt über
die Charakterstärke, die Gewissenhaftigkeit und den Stolz
eines Mannes, den er als interessantes Original aufgefasst
wissen wollte. Er liess sich denn auch angelegen sein, die
Figur der Gräfin in den Brennpunkt des Interesses zu
rücken und, mag der Versuch geglückt sein oder nicht,
die Eigenart und die Seelengrösse einer Frau zu schildern,
die alle Schranken des Vorurteils und der Konvention durch-

bricht, ohne scheinbar ihrer Würde etwas zu vergeben,
dieser Versuch verdient jedenfalls Beachtung. Denn die
Armut an bedeutenden Frauencharakteren, wie Lessing
einen mit Abstreifung alles herkömmlich Typischen in seinem
Fräulein v. Barnhelm geschaffen hat, ist ein Hauptkennzeichen jener dramatischen Periode.

Ein kleiner Zug ist hier hervorzuheben, einer der
feinsten des ganzen Stückes, der direkt der „Minna" entnommen ist. In der Freude über den endlich errungenen
Besitz des geliebten Mannes beschenkt die Gräfin ihre
Tochter Philippine, eine übernaive Puppe, um ihr Gelegenheit zu geben, ihre festliche Stimmung zu teilen. Es
ist dies eine Reminiscenz der unvergleichlichen kleinen
Szene, in der Minna freudigen und gerührten Herzens
ihrem Jubel über das Wiederfinden Tellheims Ausdruck
giebt und Franziska zwingt, sich mit ihr zu freuen („Minna
von Barnhelm", 2. Aufz. 3. Auftr.)[37]).

Die Sucht nach bizarren Effekten thut Wezel besonders
deutlich kund in den Gestalten des Oheims der Gräfin, des
verabschiedeten Generals v. Thoren und seines Dieners, des
ehemaligen Korporals Daun. Jenem bürdet er die ganze
Last der Beschränktheit und der Vorurteile auf, zu deren
Trägern gewöhnlich die affektierten Frauen des genre comme
il faut, die „dampfigten Damen", wie sie Lenz im „Hofmeister" nennt, verwendet werden. Selbst ein alter Murr-
kopf und thörichter Polterer, steht der General in absurder
Abhängigkeit seines Dieners, der an Ungeschliffenheit, Eigensinn und Pedanterie seinesgleichen sucht. Es ist allenthalben ersichtlich, dass nur der Geist der Verneinung und
der Eitelkeit und nicht vielmehr eine gesunde, originelle
dichterische Schaffenskraft an den bestehenden und gewohnten Verhältnissen rütteln konnte.

Das von Wezel mühsam vermiedene Gebiet der Fri-
volität erkor sich ein Nahahmer inferiorster Gattung zum

Tummelplatz. Es ist E. F. Hesler, der in der „schönen Sünderin" den Charakter der Gräfin Wildruf. hier Gräfin Kohler, ins Zweideutige herabgedrückt hat. Diese schöne Sünderin hat sich ehedem von ihrem Informator verführen lassen. Derselbe taucht als Korporal Lehr wieder auf. Der neuangenommene militärische Charakter soll ihm das Air eines gewissenhaften Ehrenmannes geben. Die Gräfin wirft sich dem ehemaligen Geliebten plump an den Hals; er soll sie heiraten à tout prix. Der Zärtlichkeit dieser missratenen Minna sucht sich der Kriegsmann mit unverstandenen Tellheimischen Phrasen zu entziehen, indem er behauptet, seine Grille sei, kein Glück anzunehmen, das er garnicht geschaffen oder wenigstens vorbereitet, noch viel weniger eines, das er gar nicht verdient habe. Er hätte sie genommen, wäre sie arm und bürgerlich. So aber müsse er ihr Anerbieten nur als romantischen Einfall betrachten etc. etc.

Die Sätze sind teilweise wörtlich nach der Minna kopiert; z. B. nennt sich Lehr einen Bettler; die Gräfin erwidert darauf: „Aber wie? Wenn der Bettler nur so eigensinnig wäre und nicht zugreifen wollte, wenn man ihm anbietet? — komm, lieber Bettler, mache mich reich und glücklich!"

Diese Stelle aus der „Minna" (2. Aufz. 9. Auftr.) findet sich auch sonst nicht selten nachgeahmt; z. B. in Hempels „Schwärmereien der Liebe und des Hasses" 2. Aufz. 3. Auftr. Der melancholische Herr v. Ries sucht der Geliebten Antonie die Unmöglichkeit, sie zu besitzen, klar zu machen. Er findet keinen Glauben und wird von ihr geneckt. Ries: Leb' wohl, Antonie! auf ewig leb' wohl. — Ant.: Das klingt ja recht tragisch u. s. w. In dem Lustspiel „Welche ist sie nun" o. V. (Verz. 203) klagt der verabschiedete, an der Ehre gekränkte Hauptmann Frischmuth einer Dame, die ihn weiter nichts angeht: „welches Frauenzimmer

könnte wohl ihr Leben mit einem an seiner Ehre ge-
kränkten Offizier, mit einem Krüppel, mit einem
Bettler zu führen wagen!" Die Dame antwortet launig:
„Fast scheinen Sie mir ein zweiter Tellheim zu sein, ich
muss Ihnen aber auch wie Minna antworten: der Krüppel
scheint noch ziemlich gesund u. s. w. In Grossmans
„Sechs Schüsseln" und Schletters „Familienpokal" (vgl.
S. 65) bekennen die jungen Offiziere unter Seufzen, dass
ihre Armut ihnen leider versage, ihre Augen zu der Geliebten zu erheben. Hier wie dort spottet dieselbe gut-
mütig über dies eingebildete Hindernis und thut es dabei
der Minna an Schlagfertigkeit ungefähr gleich. Das politische
Lustspiel „Pseudopatriotismus" von Jul. v. Voss spielt
nach der Niederlage bei Jena 1809. Der Leutnant v. Wahlen,
ein aus französischer Gefangenschaft zurückkommender
preussischer Offizier tritt in tiefer Trauer über die Schmach
des Vaterlandes vor Isidore, seine Braut, giebt ihr ihr
Treuwort zurück, verzichtet auf alle Ansprüche, die er
vormals in der Hoffnung, als ruhmgekrönter Sieger zurück-
zukehren, an sie gestellt hatte und bittet, ihn zu vergessen.
Isidore bemerkt darauf, dass er sich wohl den Tellheim zum
Muster genommen habe. Er verneint es, denn — sagt er —
„Tellheim kam aus einem siegreichen Kampf, selbst ein Held!"
Bei der in der Wolle schwarz-weiss gefärbten preussisch-pa-
triotischen Tendenz des Stückes erscheint es nicht allzu fremd-
artig, dass ein durch trübe Erfahrungen schwermütig ge-
stimmter Offizier solch heterogene Dinge, wie eine Liebschaft
und die Politik vermengt. Die Antwort Wahlens hält übrigens
nicht Stich. Der Fall Tellheims streift das Gebiet der
Politik überhaupt nicht. Dass er als Held aus einem siegreichen Kampfe zurückkehrte, dies war völlig unwesentlich
für die Thatsache, dass er aus dem Krieg als verabschiedeter
und kompromittierter Offizier hervorging. Ohne Zweifel

ist Tellheim ein Kriegsheld; das verriet allein die Uniform,
unter der man dazumal nichts anderes als ein Heldenherz
vermutete. Seiner kriegerischen Vergangenheit aber wird
nur Erwähnung gethan, wo es galt, den Menschen im
Soldaten und nicht etwa den Soldaten im Menschen in
die richtige Beleuchtung zu rücken. Ausserdem bekennt
er, dass er als kurländischer Unterthan seinen Dienst ohne
politische Grundsätze erwählt hat, dass er als Soldat alles
seiner eigenen Ehre wegen gethan und das Kriegshandwerk
überhaupt nur als eine gelegentliche Beschäftigung ange-
sehen hat, die für ihn eine Schule der Energie und der
kaltblütigen Entschlossenheit sein sollte. Die Anschauungen
machten freilich innerhalb vierzig Jahren starke Ver-
änderungen durch. Zu Tellheims Zeiten machte man aus
den Diensten „bei den Grossen" ein ritterliches Handwerk,
in dem der der junge Edelmann unter dem Einfluss des mäch-
tigen Geistes und des strategischen Genies eines glorreichen
Fürsten und seiner ausgezeichneten Heerführer Charakter
und männliche Tüchtigkeit formte und schulte. Nach der
schmachvollen Niederlage bei Jena aber brach das mittlerweile gealterte militärische System haltlos zusammen, nachdem es seinen Gründer um zwei Jahrzehnte in innerer
Ohnmacht und Verkommenheit und in äusserer Prahlerei
überlebt hatte. Damit war . aber einer neuen Auffassung
Raum gegeben, nach der die Wehrkraft als eine heilige
Bürgerpflicht und die politische Gesinnungstüchtigkeit als
sittlicher Hebel für den kommenden Aufschwung der Nation
betrachtet wurde.

Die Aeusserung der Minna (2. Aufz. 2. Auftr.): „der
König kann nicht alle verdienten Männer kennen u. s. w."
ist wiederholt in Lederers „abgedanktem Offizier" (1. Aufz.
7. Auftr.) v. Tapfer: „Mein Dienst war Schuldigkeit und
mein zerschossener Arm war Unglück und jeden dem Staat
Unbrauchbaren zu belohnen, jeden Unglücklichen im Lande

glücklich zu machen, dazu reichen auch die Kräfte eines
Monarchen nicht zu — — der Kaiser kann nicht jeden
Soldaten kennen u. s. w." Hierher gehört auch die
oben (S. 54) angeführte Aeusserung des Leutnants v. Stern,
in Ifflands „Spieler". In Prothkes „der Rechtschaffene
darf nicht immer darben etc." ist Sabina, die Gattin des
braven Schustermeisters, der den verarmten Leutnant Blenk-
schütz aufgenommen hat, der Ansicht, der Fürst könne
sich nicht um solche Kleinigkeiten kümmern, wie die Versorgung des Leutnants (1. Aufz. 8. Auftr.).

Die Episode in der 2. Szene des 2. Akts zwischen
dem katzenbuckelnden Wirt, dem Fräulein v. Barnhelm
und der übermütigen Franziska schwebte Rambach vor im
„Hochverrat" in einer Szene zwischen dem Wirt zum
fliegenden Merkur und der von der Revolution vertriebenen
französischen Marquise de Sèves nebst deren Kammermädchen; eine Nachahmung, die diesem sonst feinen und
geistreichen Konversationsstück so wenig zum Vorteil gereicht als andere abgenützte Effektmittel der dramatischen
Praxis z. B. eine langausgesponnene Kerkerszene, eine
Walltronsche Gerichtsszene u. s. w.

Die Weigerung Minnas, in Deutschland mit einem
französischen Windbeutel dessen Sprache zu sprechen (4. Aufz.
2. Auftr.) findet sich bei Jünger in dessen „Badekur" in
einem Auftritt zwischen dem faden petit maître Kammerherrn v. Schus und dem Sonderling v. Biederberg. Eine
Reminiszenz der Wiedersehensszene zwischen Tellheim und
Minna (2. Aufz. 8. Auftr.), wo die hervorbrechende Leidenschaft Tellheims einen Augenblick seine angenommene Kälte
Lügen straft, ist folgender Passus in Sodens „Rosalie
v. Felsheim" (2. Aufz. 10. Auftr.): „Reinthal (mit offenen
Armen auf sie zu) Rosalie! Rosalie! Rosalie v. Felsheim. Franz! Franz! (sich auf einmal zur äussersten Kälte
herabstimmend) Herr Baron! Reinth. Gnädige Frau! etc."

„Bald wäre der Spass auch zu weit gegangen" platzt
Franziska heraus, die mit wachsendem Unbehagen die Intrigue ihrer Herrin mit dem arglosen Major verfolgt hat
und bei dem ersten vertraulichen Ton, der die affektierte
Kälte Minnas ins Wanken bringt, das gefährliche und grau-
same Spiel beendigt glaubt. Die muntere Doppelintrigue,
die sich zwei Liebende gegenseitig in Kotzebues „Posthaus
in Treuenbritzen" spielen, wird nach ihrer Entdeckung von
dem Kammermädchen der Dame mit den Worten glossiert:
„Zu früh! zu früh! Ich hätte ihn noch ein wenig zappeln
lassen!" Aus der Komödie, die Minna ihrem starrsinnigen
Geliebten spielt, zog auch Wezel Vorteil in der „seltsamen
Probe", einem oberflächlichen Machwerk voll Roheit und
Pöbelwitz. Fräulein v. Berkheim ist, wie Minna, eines
zerbrochenen Wagenrades wegen gezwungen, ihre Reise zu
unterbrechen und in einem Gasthofe abzusteigen, wo sie
ihren Geliebten Thalberg, dem sie etlicher barmherziger
Handlungen wegen ihre Zuneigung gewidmet hat, in der
liederlichen Gesellschaft eines abgedankten Hauptmanns,
einer Kopie des Fallstaff und eines „hurtigen" Wirtes vor-
findet, der die beiden Offiziere als vertraute Freunde
mit du anredet. (Die ganze Situation ist Shakespeares
„Heinrich IV." entlehnt. Thalberg spielt die Rolle des
Prinzen Heinz.) Um nun die Liebe des ihr lange aus den
Augen gekommenen Thalberg zu prüfen, lässt sie sich
durch den Juden Abraham dem Geliebten als Dirne schildern
und beobachtet den Eindruck, den diese delikate Neuigkeit
auf den nichts Ahnenden macht. Vor Augen stand dem
Verfasser der Auftritt, wo Franziska in Minnas Auftrag
dem leichtgläubigen Major einen Bären aufbindet mit der
Erzählung der Enterbung und Verstossung ihres Fräuleins
(4. Aufz. 7. Auftr.).

Das fürstliche Handschreiben, das Tellheim seine Ehre
und sein Vermögen wiedergiebt, ist bei Lessing ein Motiv,

das in vielfacher Hinsicht folgerichtig und notwendig angewendet werden musste; folgerichtig, weil Tellheims Handel dem Könige unfehlbar zu Ohren kommen musste und dessen Bescheid über kurz oder lang zu erwarten stand; somit kann es kein deus ex machina genannt werden. Es war aber auch notwendig, denn einmal gab es im Verhältnis zu der Grösse der vorhergegangenen Kränkung nur die einzige vollkommene Genugthuung, dass der König selbst in der Form eines auszeichnenden Gnadenbeweises der unbedingten Forderung Tellheims nach Gerechtigkeit nachkommt und zwar in rascherer und zufriedenstellenderer Weise, als alle Untersuchungen und Nachforschungen von Seiten der chikanösen Beamtenschaft der Feldkriegskassen im Stande gewesen wären. Zum zweiten galt es den Satz zu widerlegen, dass der Soldatenkönig nicht alle verdienten Kriegsmänner, zumal wenn sie so schwerwiegende Ansprüche auf Berücksichtigung haben wie Tellheim kennen und belohnen könne. Im Handschreiben heisst es denn auch, dass der König um Tellheims Ehre besorgt war und dass sein Bruder, der Prinz von Preussen, des näheren von dessen Handel unterrichtet war. Ueberraschendes hat also der Vorgang weiter nichts, denn der König that mit Erlassung seines Handschreibens nur seine Pflicht einem verdienten Offizier gegenüber; was freudig stimmt ist nur der huldvolle Ton desselben. So nimmt sich denn dieser Fall ganz anders aus, als in unzähligen andern Stücken, wo der Fürst wie von ungefähr aus seiner ahnungslosen Sphäre heraustritt und zum guten Glück sich mit eigenen Augen von Misständen überzeugen kann, denen abzuhelfen er vom Dichter berufen ist. Das gedankenlose Mittel, mit einem fürstlichen Dekret alle Verwicklungen ins Reine zu bringen, war viel zu bequem, als dass es nicht ebenso häufig wie die persönliche Intervention des Machthabers angewandt worden wäre. Es würde zu weit führen, hier einzelne Bei-

spiele heranzuziehen, zumal da Lessing wohl schwerlich
für all den verübten Unfug verantwortlich gemacht werden
kann; schon Molière im „Tartuffe" hatte ja für die plötzliche Rettung Unschuldiger durch einen königlichen Akt
das Beispiel gegeben [38]).

Tellheims Schatten, der plumpe ehrliche Diener Just
mit seiner Pudeltreue und seinem Packknechtsverstand ist
eine einzig dastehende Erscheinung in der Lustspielliteratur!
Es dürfte schwer sein, im stehenden Rollenfach der ehr-
lichen Bedienten einen zweiten Just zu finden. Die Tradition geht hier weit über diesen zurück. Lessing selbst
hatte ja bei dieser Figur das typische ältere Muster über-
nommen und für seine Zwecke ausgebildet. Just hat von
Hause aus die wilden Regungen einer „Bestie" und das
plumpe Gebahren eines „Viehs". Unter dem unmittelbaren
Eindruck aber von Tellheims Persönlichkeit, deren sittliche
Vornehmheit er wie durch die Macht des Instinktes em-
pfindet, wird er zum Menschen und ein Stück von Tellheims
Wesen geht in ihn selbst über: er ist das Geschöpf seines
Herrn. Aber, wie ein treuer struppiger Hund seine gute
Natur nur für seinen Herrn und in unmittelbarer Berührung
mit ihm erweist, so kann auch Just ohne Tellheim nicht
gewürdigt und verstanden werden. Er beweist wie ein
scheues misstrauisches Tier seine üblen und feindseligen
Eigenschaften allen denen gegenüber, in denen er Feinde
seines Herrn wittert. Seine ganze Moral ist selbstlose
Hingabe für das Wohl seines Herrn. Umgekehrt ist Just
für das richtige Verständnis Tellheims unentbehrlich. Die
Triebfeder seines ganzen Handelns ist grenzenlose elementare
Dankbarkeit und in feiner psychologischer Verkettung
werden dem Hörer gewisse Charakterzüge Tellheims erst
deutlich durch den Hinweis auf das Werk der Vermensch-
lichung und Gesittung, das ihm bei Just gelungen ist.
Tellheims Humanität ist es, die in die Dumpfheit dieser

primitiven Natur hineingeleuchtet und ihre guten Instinkte
erweckt hat; die sich zugleich durch diesen ergreifenden
Akt weit künstlerischer und delikater offenbart, als durch
das handgreifliche „Professionmachen aus Edelmut und
Entsagung" — wie Danzel es nennt — das Lessing zur
Verdeutlichung seiner Intentionen in die entbehrliche Szene
zwischen Tellheim und der Rittmeisterin Marloff gelegt hat.

Was wollen nun aber dagegen die hundertfachen Beispiele von Dienertreue und Anhänglichkeit bedeuten, die
so bequeme Anhaltspunkte boten zur Anwendung einer
regelrechten langweiligen Moral und zur Verwirklichung
idealer Zustände in der menschlichen Gesellschaft!

Flüchtig ist zuweilen eine Spur von Justs kerniger
Grobheit gegen alle, die seinem Herrn nicht Ehrerbietung
und Wohlwollen beweisen, anzutreffen. Schon erwähnt
wurden zwei derartige Szenen in Kotzebues „Menschenhass
und Reue" und Grossmanns „Nicht mehr als sechs Schüsseln"
(siehe S. 63). Die Eingangsscene zwischen Just und
dem Wirt ist nachgeahmt in Seidels „Edelmut und Rachsucht", wo Korporal Klaus in seines Herrn Auftrag den
Wirt, der einem heruntergekommenen Offizier die Thür
weisen will, anschnauzt. In Just'scher Form sagt in dem
Stück „Seelenadel" von Caché der Diener Franz, der früher
bei dem verarmten Hauptmann Linden war, seinem jetzigen
Herrn, dem Wirt zum Tiger, was von Beutelschneidern
seines Schlags zu halten sei. Derselbe Auftritt findet sich
in Zieglers „Eulalia Mainau" 2. Aufz. 6. Auftr. Anknüpfend an Justs zornige Frage, „warum waret ihr denn
im Kriege so geschmeidig, ihr Herren Wirte?" bringt
Fr. W. G. Wetzel folgende Szene in der schon mehrfach er-
wähnten „Wilhelmine" (7. Auftr.):

Schulmeister Willibald: Herr! Sie sind mir lieb und
angenehm, allein lange können Sie doch nicht dableiben.
Wenn der Tag anbricht, kommen meine Schulkinder.

Die würden Ihre Wunden wieder aufschreien und wenn
schon eine Haut darüber gewachsen wäre.

Rittmeister Lilienthal: Nur heute noch, wenn er's
erlaubt.

Willibald: Seid ihr Rotröcke doch so geschmeidig, wenn's euch an Händen und Füssen
fehlt!

In Stephanies „abgedankten Offizieren", 2. Aufz.
8. Auftr., traktiert der Wirt aus reiner Gutmütigkeit das
Faktotum der beiden Offiziere, Blink, mit seinem Schnaps
und nötigt ihm eine beträchtliche Portion davon auf. Dasselbe bringt mit wörtlicher Wiederholung der Stelle aus
dem .2. Auftr. der „Minna": „Geschwind noch eins; auf
einem Bein ist nicht gut stehen", Ludw. Fischers
„lustiges Soldatenleben". Justs Bedientenrechnung wiederholt im schlimmen Sinn Schletter in „Betrug für Betrug".
Zollheim liest die Rechnung, die ihm sein spitzbübischer
Bedienter überreicht: „Rechnung, was ich vor Ihro Gnaden,
den Herrn von Zollheim in Dresden zu dero Verlobung
eingekauft habe. Summa 30 Louisdor, Johann Paulsen,
Bedienter — — Kerl, bist du toll?" Genau ebenso bei
Kotzebue im „Schreibepult" 1. Akt 7. Szene. In dem
anonymen Stück „ein Uebel ist oft der Grund zum Glück"
(Verz. 106) entlässt der verarmte Ehrenhold seinen treuen
Diener Philipp, da er ihm nichts schuldig werden will und
ihn zu bezahlen, kein Geld mehr auftreiben kann. Philipp
aber ist gewillt, bei seinem Herrn auszuharren und dessen
Unglück zu teilen (vgl. „Minna" 1. Aufz. 8. Auftr.). Justs
Steifheit und unhöfliche Wortkargheit gegenüber den Damen,
bei denen er sich eines lästigen Auftrags zu entledigen
hat (2. Aufz. 6. Auftr.) klingt an in dem anonymen Lustspiel
„der Sekretär" (Verz. 61), wo der Diener Prell der Buhlerin
Beretti eine Botschaft seines jungen liderlichen Herrn zu
überbringen hat. Schlaftrunkene Diener, die bis zum frühen

Morgen ihre Herrn erwarten und mit trüben Gedanken über
deren missliche Lage beschäftigt sind, erscheinen in Sprickmanns „Schmuck", Raebigers „Verbrechen und Edelmut",
Ifflands „Spieler" und „Familie Lonau" u. s. w. ³⁹).
Die Kriegslust des Wachtmeisters Werner (3. Aufz.
7. Auftr.) ist nachgeahmt in Perinets „Freikorps". Dort
hat der Wachtmeister Frank von einem zu erwartenden
Kriege gelesen und gerät darüber in unbändige Begeisterung.
Er ist gleich bereit, die drückende Friedensruhe mit dem
wilden Waffenhandwerk zu vertauschen und sucht seinen
Herrn, den Rittmeister v. Bogen zu gleicher Gesinnung zu
animieren, wogegen dieser aber in kalter abweisender Ruhe
verharrt. Der Passus im 12. Auftr. des 1. Aufz. der „Minna",
wo Werner dem Major die geliehenen 100 Dukaten zurückbringt und auf Justs Frage, was Tellheim damit soll, erwidert: verzehren soll er sie, verspielen, vertrinken, ver —
wie er will" findet sich wieder in Schletters „Familienpokal" 2. Aufz. 13. Auftr. Der gutmütig-heftige General
v. Wertheim will den armen Leutnant v. Färber unterstützen und begleitet sein Geschenk mit den Worten: „es
ist freilich kein Geld, das Segen bringen kann, aber dazu
geb' ich dir's auch nicht. Versaufen sollst's, verspielen,
ver — verthun, wie Du willst!" Ebenso in Sprickmanns
„Schmuck" 1. Aufz. 13. Auftr. Der Hauptmann Wegfort
hat in der Not einen Schmuck versetzt und geht nun mit
sich zu Rat über die Verwendung des erhaltenen Geldes:
„Tausend Dukaten, haha! Mit hundert, anderthalb hundert
höchstens bezahl' ich meine Schulden und die übrigen will
ich dann bei mir hinlegen und — — Champagner dafür
trinken, dass es meinem alten dürren Fleisch wohl davon
werden soll!" In diesen Fällen haben die mit dem Gelde
bedachten nicht die mindeste Anlage zu ungeregeltem
Lebensgenuss und mit der Geldverschleuderung ist es
durchaus nicht ernst gemeint. —

6*

Ich stehe am Ende meiner Untersuchung und fasse die
Hauptpunkte noch einmal zusammen. Lessings „Minna
v. Barnhelm" steht als dramatisches Ganzes in einer Zeit,
wo alles dichtete und dabei bewährten Vorbildern folgte,
ziemlich isoliert da. Es hat sich um sie keine Familie von
Nachahmungen gebildet, die unverkennbar auf das Muster
zurückwiesen, wie die Dramen aus dem historischen Stoffgebiet des „Götz.von Berlichingen" oder. dem bürgerlichen
der „Miss Sarah Sampson". Bestimmt und leicht nach-
weisbar knüpfte die litterarische Tradition erst an Nach-
folger und Dichter weit geringeren Ranges an, die ihrerseits auch nur in gewisser Hinsicht von Lessing abhängig
sind. Die schöpferische und vorbildliche Bedeutung des
Meisterwerks liegt nun einmal darin, dass es seine Handlung mitten in den Fluss grosser nationaler Begebenheiten
versetzt und zu Trägern dieser Handlung echte Kinder der
Zeit gewählt hat; zweitens darin, dass es die Eigenart und
Tüchtigkeit des populärsten Standes einer kriegerisch bewegten Epoche in eine glänzende Beleuchtung gerückt hat.
Von der militärischen Gruppe in der „Minna" ist die Figur
des abgedankten Offiziers in der äusseren Gestaltung seiner
Verhältnisse und in seinen hauptsächlich hervortretenden
Charaktereigenschaften festgehalten worden. Die Person
des Soldaten aus dem Volk fand lebhafte und eingehende
Würdigung und erlangte allgemeine typische Geltung. Die
diskreten Hindeutungen auf den grössten lebenden Monarchen
wurden mit grösserem oder geringerem Taktgefühl ausge-
beutet und als wirksamer Ausdruck loyaler und patriotischer
Gesinnungen verwertet. Von der anderen Gruppe blieb
die heitere, sicher auftretende, meisterhaft individualisierte
Liebhaberin unverstanden oder wenigstens ungewürdigt, ihre
Jugendgespielin, ferner die Gestalten des Wirts und des
Dieners Just waren trotz ihrer, oder vielmehr gerade wegen
ihrer Vortrefflichkeit nicht vermögend, die ältere Tradition,

in der auch Lessing in letzter Linie wurzelte, zu verdrängen oder neu zu beleben. Der chevalier de l'ordre de l'industrie, in dessen Verwendung man bei Lessing eine leise Konzession an die durch die Ereignisse gerechtfertigte nationale Eitelkeit erblicken darf, hat viele Kameraden erhalten, die meist als öde Fratzen das äusserliche und gehaltlose einer französelnden Weltbildung karrikieren sollten. Uebrigens erschien er in dieser Auffassung kaum ein zweites Mal in der Rolle eines Soldaten, sondern in der des gewohnten petit maître, als nichtssagende lächerliche Gesellschaftsfigur.

Der dramatische Elan des patriotisch - militärischen Soldatenstückes erlosch ungefähr zur Zeit des allgemeinen politischen Niedergangs, als die Staaten Europas einer nach dem andern vor der Uebermacht des korsischen Eroberers in den Staub sanken. Schon vorher durfte Julius v. Voss es wagen, in einer Reihe politisch-satirischer Dramen neben andern Missständen die innere Hohlheit des veralteten preussischen Militärsystems an den Pranger zu stellen. Sein bitterer Hohn klingt wie eine Travestie der einstigen poetischen Verherrlichung einer vergangenen Waffenglorie, war aber keine solche; man travestiert nur das, was im Urteil der Zeit noch Autorität und litterarischen Wert besitzt. Als Heinrich v. Kleist um 1809 in frischem, originellem Schöpferdrang seinen „Prinzen von Homburg" dichtete, jenes kernhafte, preussische Soldatenstück, dem als Kunstwerk entfernt kein anderes an die Seite zu stellen ist, dachte er wohl kaum an die Dichter der Walltron, Arno, Thurneysen zurück, die vor kaum dreissig Jahren eine der seinigen so. nahe verwandte Idee mit dem Tross ihrer Anhänger und Nachahmer zu Tode gehetzt hatten.

Anmerkungen.

[1] Wieland, „Sendschreiben an einen jungen Dichter".

[2] Vgl. hierzu Christian Garves Abhandlung; „Ueber die Maxime Rochefoucaults: das bürgerliche Air verliert sich zuweilen bei der Armee, niemals am Hofe". Versuche über verschiedene Gegenstände aus der Moral, der Litteratur und dem gesellschaftlichen Leben. Breslau 1792. 1. Teil.

[3] Dem modernen Beurteiler springen vielleicht die Aehnlichkeiten mit dem einzigen Vorbild nicht sofort ins Auge. Es lässt sich aber leicht denken, dass sich hier ein gewisser Typus herausgebildet hatte, der sich allein schon durch Aeusserlichkeiten des Gebahrens, durch gewohnte Tracht und Redeweise der Gunst des Publikums versicherte und unwillkürlich das Andenken an Lessings Wachtmeister und Freischulzen wachrief. Auch Schillers Wachtmeister in „Wallensteins Lager" lässt sich einigermassen mit Paul Werner identifizieren. Nur die lehrhafte Redseligkeit des ersteren, wie sie auch sonst häufig für diese Figur typisch ist, unterscheidet ihn von dem etwas jünger gedachten, frohsinnigen und thatenlustigen Werner. Die höchste Idealisierung der Untergebenentreue unternahm Th. Körner in seiner dramatisierten Anekdote „Joseph Heyderich".

[4] W. Wetz (Anfänge der ernsten bürgerlichen Dichtung des 18. Jahrhunderts. Bd. I.: Rührendes Drama der Franzosen. Worms 1885. S. 63) findet „diese romantische Begebenheit in der Enge des Alltagslebens" schon im französischen Rührdrama des Destouches und La Chaussée. Durch Versetzung auf militärischen Boden erhielt dies Motiv grössere Glaubhaftigkeit. Es liegt den Fabeln folgender Stücke zu Grunde: „Der Adjutant" von Brömel, „Eigensinn und Ehrlichkeit" von J. K. Wezel, „Der Husarenraub" von Plümicke, „Der Hauptmann von Breisach" von Schöpfel, „General Moorner" von Thilo, „General Schlenzheim" von Spiess, „So handeln Freunde"

o. V. (Verz. 166), „Falsche Scham" von Kotzebue, „Der Weihnachtsabend" von Hagemann. Die Beliebtheit der um verlorenes Eheglück
trauernden Gatten bezeugen u. a. auch die Helden in Gemmingens
„Deutschem Hausvater" und Kotzebues „Menschenhass und Reue",
ferner der General Dolzig in Ifflands „Albert von Thurneysen" und
der Major Harrwitz in Schröders „Fähndrich".

⁵) Minor (Christian Felix Weisse. Innsbruck 1880) beansprucht
diesen Charakter als eine Neuschöpfung für Weisse mit Hinweis auf
Arist in dessen „Haushälterin" und Wahrmund im „Naturalien-
sammler". Er denkt hierbei hauptsächlich an den Typus eines „Vertrauten der Liebenden, der die Intrigue auf sich nimmt". Mir ist
hier wichtiger die nahe Beziehung zu den Vätern der Helden, die
die andere nicht ausschliesst (oder zu den Helden selbst, wenn sie
wie im Olsbach, in reiferem Alter gedacht sind), und hierin erinnern
sie vielfach an den Komtur in Diderots „Hausvater", obgleich dieser
die Rolle im übeln Sinne spielt. Als Beispiele für Verwendung
dieses Typus führe ich an die Stücke: „Gräfin Freyenhof" von
Stephanie d. J. (General Clemard), „Eigensinn und Ehrlichkeit" von
J. K. Wezel (der General v. Thoren lehnt sich direkt an Diderots
Komthur d'Aulnoi an; er ist zwar nicht eigensüchtiger Bösewicht
wie dieser, sondern nur mürrischer Polterer und Grobian), „Der
Arrestant" von Anton-Wall (General v. Scharf), „Der Liebe Lohn"
von Vulpius (Major v. Waldenstein), „Der Postmeister" von Bonin
(Obrist v. Bergheim), „Wer ist sie?" von Schröder (Oberst v. Rall)'
„Eulalia" von Ziegler (Oberst von der Horst), „Baron von Blankenstein" o. V. (Verz. 135) (Oberst von Denningen), „Die Husaren" von
Fr. Werner (Major v. Biedersee), „Weltton und Herzensgüte" von
Ziegler (Graf v. Blanker), „Die Höhen" von Iffland (Hauptmann
v. Bragen). — Aeltere Militärs waren für diesen Typus gut zu ver-
wenden, namentlich durch den Umstand, dass in ihrer wunderlichen
wortkargen Redeweise das Bild der jeweiligen Situation originell
reflektiert wird.

Wichtig ist zu erwähnen, dass in dem Trauerspiel „Julie" von
H. P. Sturz, einem der ersten Abkömmlinge jener Trias, die das
bürgerliche Drama hervorgerufen haben, nämlich Lillos „Kaufmann
von London", Diderots „Hausvater" und Lessings „Miss Sarah", der
agent provocateur des Stückes ein Militär ist, auf den Lessing noch
nicht eingewirkt hat. Es ist dies der Bruder des schwachen gutherzigen Hausvaters, ein vom Regiment verjagter Kapitän von hartem,
brutalem Wesen, der mit der Familie „wie mit einer Kompagnie"
umgeht, ein Verwandter des alten Horribilicribrifax und des Gloriosus,

der den Mund stets voll von kriegerischen Sentenzen und Rodomont-
aden hat. Das Stück, im selben Jahre wie „Minna" erschienen
fand geringen Anklang, obwohl darin keiner der beliebten Züge des
bürgerlichen Dramas mangelt, und mag die Schuld daran wesentlich
der bei dem Aufgehen von Tellheims Gestirn so schnell in Miss-
kredit geratene uralte Typus des militärischen Aufschneiders und
Bramarbas tragen.

[6]) Solchen Reminiszenzen und unverkennbaren Anlehnungen
an Diderots „Hausvater" begegnet man auf Schritt und Tritt im
Gebiete des bürgerlichen Dramas, viel häufiger und auch viel früher,
als man nach C. Flaischlens Studie über O. H. v. Gemmingen an-
nehmen könnte. Was hier für das Familienstück zu holen war, das
wusste man lange schon, ehe Gemmingen sein germanisiertes Pendant
neben den französischen Hausvater stellte und damit offenkundig
auf sein Muster hinwies.

Welcher Unfug im bürgerlichen Schauspiel mit angenommenen
Namen getrieben wird, dies illustriert am besten das Beispiel von
Fr. G. Thilos „General Moorner", wo die Beziehungen zwischen
fünf Gliedern derselben Familie dadurch gewaltsam in Verwirrung
gebracht werden, dass jedes mit mehr oder weniger Berechtigung
einen besonderen Familiennamen führt. Die Gattin des Generals
Moorner tritt nach langer Trennung als Elisabeth v. Palfy wieder
auf, die beiden Kinder des Generals heissen Volontär v. Mühlenberg
und Majorin v. Bellochese. Ein jüngerer Stiefbruder des Generals
nennt sich Hauptmann v. Bohlen. Dies künstliche Quiproquo giebt
nun Gelegenheit zu allerhand absonderlichen Zufallsfügungen; z. B.
muss der General seine Tochter zum Tode verurteilen, nachdem
er sie zuvor hatte heiraten wollen. Hierbei war er in Konkurrenz
mit seinem Sohne getreten, der ebenfalls in Liebe zu seiner Schwester
entbrannt ist. Selbstverständlich wird alles Unheil verhütet durch
die am Ende erfolgende Entwirrung des grossen Rattenkönigs.

[7]) Dies sollte wohl weniger für ihr Taktgefühl, als vielmehr
für ihre Gutherzigkeit ein schönes Zeugnis sein. Dass Lessing diesen
Zug seiner Minna nicht verliehen hat, tadelt Chrn. F. Weisse, naiv
genug, in einem Briefe an Garve. Grenzenlos aufopferungsfähig
und grossmütig liebte man ja meist die Theaterheldinnen. Weisse
dachte wohl speziell an die abenteuernden Damen in seiner „Amalia"
und „Grossmut für Grossmut", die sich so harmlos über das An-
stössige einer Jagd nach dem verschwundenen Geliebten hinweg-
setzen und dann das Aeusserste an Opfermut und Entsagung leisten,

indem sie sich aller älteren Rechte begeben, als sie den Geliebten in den Armen der Nebenbuhlerin glücklich sehen.

⁸) Eine Uebersetzung des „Recruiting Officer" von Farquhar lieferte C. H. Schmid im ersten Teile seines „Englischen Theaters". Frankfurt und Leipzig 1769.

⁹) Beiläufig erwähnt sei die possenhafte Verkleidung der Bürgermeisterstochter Philippine, die sich von ihrem Geliebten als Soldat anwerben lässt, um unerkannt in seiner Nähe zu verweilen und sich dadurch Gewissheit über seine Neigung zu ihr zu verschaffen. Dies Verkleidungsmotiv ist noch öfter verwendet worden, z. B. in einem vielgespielten Stücke von Brömel „Der Adjutant". Hier baut sich der ganze Plan auf der abenteuerlichen Voraussetzung auf, dass ein alter General seine Neigung einem jungen Kriegshelden, dem Leutnant v. Wallin schenkt, welcher sich schliesslich als dessen eigene Tochter Therese entpuppt. In dem Ballet „Der weibliche Deserteur" (Verz. 12) ist die Verkleidung der Geliebten als Soldat direkt Stephanie entlehnt. Dieser weibliche Soldat wird zum Deserteur, soll als solcher abgeurteilt werden und rettet sich nur durch Vorzeigung eines Ringes, den er bezw. sie von ihrem Geliebten, dem Major Milton, erhalten hat, vor dem Standrecht. In dem Singspiel „Die Rekruten auf dem Lande" (Verz. 68) verkleiden sich zwei Bauernmädchen für ihre Geliebten als Rekruten. In Kotzebues Posse „Der Deserteur" gelingt einem Offizier die Entführung seiner Geliebten durch deren Verkleidung als Soldat.

¹⁰) Ein dreistes Plagiat von Kretschmanns „altem bösen General" ist Kotzebues „Brandschatzung", worin nur die Namen des Originals verändert und sonst noch etliche unwesentliche Abweichungen angebracht sind.

¹¹) Zu den Stücken mit Werbe- und Rekrutierungsszenen gehören noch folgende: „Die glückliche Werbung" o. V. (Verz. 53), „Die Familienheyrath oder der Rekrutenaushub" o. V. (Verz. 58), „Der Rekrut" von Hagemann, „Die Rekrutierung" von Schildbach, „Alles in Uniform für unsern König" und „Die getreuen Oesterreicher oder das Aufgebot" von Hensler, „Die jungen Rekruten" von Lederer, „Die Rekruten auf dem Lande" o. V. (Verz. 68), „Die erwünschte Rekrutierung" von H. Beck.

¹²) Was der Geschmack jener Zeit an Vorzügen in Engels Dramen vereinigt fand, darüber höre man beispielsweise, was Jördens im „Lexikon deutscher Dichter und Prosaisten" (Bd. I, S. 463) schreibt: „Engels Schauspiele waren es, die ihm den ersten und den

ausgebreitetsten Ruhm verschafften. Man erkannte sofort in den zwei kleinen Stücken, dem „Dankbaren Sohn" und dem „Edelknaben", den einsichtsvollen Dramatiker, den feinen Menschenbeobachter, den glücklichen Dialogisten, den richtigen Denker, den lebhaften und eleganten Schriftsteller. Man freute sich, komische Züge und Witz mit Zartheit der Empfindung verbunden, heitere Laune zu der Achtung für Tugend und der Rührung für Edelmut gesellt zu sehen. Man genoss mit hohem Vergnügen die angenehmen Süjets, die gut angelegten Situationen, die Entwickelung der Charaktere und der steigenden Affekte; und alles das umsomehr, da nirgends Verstösse gegen Geschmack oder Sprache beleidigen. Auch eilten alle Bühnen, die lieblichen Stücke aufzuführen." Vgl. ferner auch die.Rezensionen in Klotz' „Bibliothek der schönen Wissensch.", Bd. 6, Stück 21, S. 107 ff., in der „Allgemeinen deutschen Bibliothek", Bd. 17, Stück 1, S. 219 und in Chr. H. Schmids „Parterre" (Erfurt 1771), S. 106 ff.

[13]) Ein sprechendes Beispiel davon, wie man in derlei Fällen die Geduld des Hörers auf die Probe stellte, giebt Plümickes „Henriette". Die Erkennung zwischen dem Major und seiner Tochter wird schon im 2. Akt vorbereitet; der vierte aber hätte sie unfehlbar bringen müssen. Hier erzählt nämlich der Pastor dem Major Volkmar ausführlich, wie er seine Pflegetochter Henriette als kleines Kind aufgefunden. Alle Umstände stimmen überein mit der (im 2. Aufzug) voraufgegangenen Erzählung des Unteroffiziers Hubert, der seinem Major beichtet, wie er am nämlichen Orte vor so und so viel Jahren, damals noch auf Feindesseite, als grausamer Mordbrenner gewirtschaftet und eine Frau in die Flammen ihres Hauses zurückgestossen, ihr Kind aber auf die Strasse geworfen habe. Dennoch verfällt weder der Pastor, noch der Major, der überzeugt ist, dass sein eigener Unteroffizier ihm um Frau und Kind gebracht hat, auf den Gedanken, die beiden Erzählungen, die sich nach den Umständen der Zeit und des Ortes völlig entsprechen, mit einander in Zusammenhang zu bringen. Ein in den Windeln des Findlings verborgener und sorgfältig aufbewahrter Ring könnte alle Zweifel lösen. Dies soll aber erst am Ende des nächsten Aktes geschehen und so bürdet der Verfasser dem Pastor eine ganz unmögliche Unterlassungssünde auf. Er vergisst des Rings Erwähnung zu thun und erst, nachdem er unter vielen Verwünschungen und unehrerbietigen Selbstanklagen ob seiner Vergesslichkeit am Ende des Stücks den Ring herbeigeholt, kann der gequälte Vater seine wiedergefundene Tochter in die Arme schliessen.

[14]) Siehe Litzmann „Schröder und Gotter", Hamburg u. Leipzig 1887, S. 56.

[15]) Kotzebues „Kind der Liebe" hat noch ein anderes Vorbild, nämlich Frdr. Ludw. Schröders „Fähndrich"; eine unrühmliche Abhängigkeit, die schon Schink in den „Dramaturgischen Monaten" (4. Bd., Schwerin 1791, S. 946 ff.) zu Kotzebues grossem Aerger dargethan hat.

[16]) Rührende Pietätshandlungen junger Krieger waren ähnlich beliebte dramatische Stoffe wie die später zu besprechenden Anekdoten von edelmütigen und wohthätigen Fürsten. In Joh. Karl Wezels „Eigensinn und Ehrlichkeit" stürzt sich der Regimentsfourier Hermann in Schulden, um seine unglückliche Schwester zu unterstützen. In Schröders „Fähndrich" darbt der Held für seine arme und kranke Mutter. In Zieglers „Inkognito" und Kotzebues „Schreibepult" teilen die Helden ihre geringe Gage, hier der Kadett mit der Mutter seiner Geliebten, einer armen Soldatenwitwe, dort der Fähnrich mit seinen unverschuldet ins Unglück geratenen Eltern. In Paalzows „Edelmütigem Sohn" und Weppens „Hessischem Offizier in Amerika" lassen sich die Söhne als Soldaten anwerben, um mit dem Handgeld ihre verschuldeten Väter zu retten. In Fellners „Chargenverkauf" hingegen will Unterleutnant Wille seiner Mutter wegen seine Charge verkaufen. In Brühls „Edelmut stärker als Liebe" kapituliert der Reiter Georg Herold nach Ablauf seiner Dienstzeit und im Begriff zu heiraten, auf weitere sechs Jahre, um mit dem erhaltenen Gelde die Schulden des verarmten Majors v. Tiefenau zu bezahlen. In Caschés „Hauptquartier" verlässt der Soldat Karl Schmidt, angesichts der darauf gesetzten Todesstrafe, seinen Posten, um das Haus seiner Eltern vor Marodeuren zu schützen. Der Leutnant Loring in der „Unvermählten" von Kotzebue duelliert sich für die Ehre seiner Pflegemutter und nimmt dafür eine Festungsstrafe auf sich. In Babos „Arno" und in Henslers „Kriegsgefangenen" glauben die Helden auf dem Schlachtfelde im Heere des Feindes ihre Väter zu erkennen. Nicht imstande, ihre Waffen gegen dieselben zu kehren, verfallen sie dem Verdachte der Feigheit und werden vor ein Kriegsgericht gestellt.

[17]) Zu dem ländlichen Genre gehören fernerhin: „Wilhelmine" von Fr. W. G. Wetzel, „Die Werbung für England" und „Die Fürstenreise" von Krauseneck, „Der abgedankte Offizier" von Lederer, „Die Waise" von König, „Das grosse Beispiel" von F. J. Fischer, „Der Wiederkauf" von Schletter, „Das Findelkind" von Brühl, „Der Rechtschaffene darf nicht immer darben" von Prothke, „General

Wurmsal" von Wimmer, „Röschen Brand aus Gräfenthal" von Plümicke. Um die Tragweite der vom „Dankbaren Sohn" ausgegangenen
Anregungen weiter zu verfolgen, seien an Nachahmungen noch genannt: „Es ist Friede" von Bock, „Die dankbare Tochter oder die
Einquartierung" von A. G. Hartmann. (Nicht bekannt ist mir geworden: „Die dankbare Tochter", Originaldrama in einem Aufzug
von P. Weidmann, Wien 1773.) Selbständiger in der Fassung, aber
mit Beibehaltung des Dorfmilieus: „Der junge Menschenfreund" von
Cornova, „Die Familienheirat oder der Rekrutenaushub" o. V.
(Verz. 58), „Wer wird sie kriegen?" o. V. (Verz. 62), „Das lustige
Soldatenleben" von L. Fischer, „Die Rache" und „Den ganzen Kram
und das Mädchen dazu" von Brühl, „Alles in Uniform für unsern
König" und „Geistesgegenwart" von Hensler, „Die silberne Hochzeit"
von Kotzebue und „Der Plan" von Arresto. Die Liste liesse sich
ohne Zweifel noch um Beträchtliches vermehren, namentlich in der
Blütezeit des Iffland-Kotzebue'schen Familienstücks, wo die Schein-
bauern, deren Kotzebues „Silberne Hochzeit" ein Muster giebt, d. h.
die outrierten Mustertypen der Sittenreinheit, der empfindsamen Einfalt und gezierten Schönrednerei, eine so grosse Rolle spielten. Hier
aber ist nur Bedacht genommen auf Stücke, in denen militärische
Motive einen integrierenden Bestandteil bildeten.

18) Fr. W. G. Wetzels „Wilhelmine", lange vor Beils „Curd von
Spartau" erschienen, hat mit diesem die Idee gemein, dass ein ver-
wundeter Soldat (Rittmeister Lilienthal) in eine Hütte armer Leute
(Willibald) getragen wird und hier Frau und Kind wiederfindet.
(Wilhelmine hatte von Lilienthal das Eheversprechen erhalten. Der
Krieg hatte die Trauung verhindert und die beiden haben nun seit
Jahr und Tag nichts von einander gehört, bis sie das Geschick in
der Hütte des mitleidigen Schulmeisters wieder zusammenführt.)

19) „Le Déserteur", drame en 5 actes en prose par Louis
Sébastien Mercier. Paris 1770, Besançon 1771. Amsterdam 1778
in Merciers „Théâtre". — Deutsche Uebersetzungen, Bearbeitungen und Nachahmungen: 1. „Der Deserteur", Schauspiel
in 5 Akten aus dem Französischen des Herrn Mercier in einer freien
Uebersetzung. Mannheim, bei Schwan 1771. (Guter Ausgang,
deutsche Namen adaptiert, „Schwan erhielt es zuerst in Deutschland
und von Mercier selbst", wie der Goth. Theaterkal. besagt.) 2. Der
genaue Titel lässt sich nicht mit voller Sicherheit angeben. Er
lautet entweder „Der Deserteur" oder „Dürimel", Hamburg 1771.
Die Uebersetzung schreibt der Goth. Theaterkal. (1777, S. 168) der
Madame Zink zu. 3. „Der Deserteur", Drama aus dem Französischen

des Herrn Mercier, übersetzt von einem Offizier [Karl Aug. v. Beul-
witz], Berlin 1771. 4. Hiervon zweite Ausgabe, welche mit einer
zweiten fünften Handlung, nach welcher das Stück einen glücklichen
Ausgang nimmt, vermehret ist. Berlin 1774. 5. „Dürimel, oder die
Einquartierung der Franzosen“, rührendes Lustspiel nach dem Französischen [von Joh. Jos. Nunn], Prag 1771. 6. Chr. H. Schmids Bearbeitung für die Kochische Gesellschaft mit Zugrundelegung von
Nr. 3, „da der Hauptton des Mercier hier am besten erreicht zu sein
schien“, in der Theaterchronik, Giessen 1772, Stck. 1, S. 101 ff.
(Schmid strich die moralischen Tiraden St. Franks, setzte die im
Original vernachlässigte Figur Hockarts (Hoctaus) und die Valcours
fort und führte sie durch, bereitete ferner das „wohlfeile Mittel“
des schliesslichen Pardons in verschiedenen eingefügten Szenen vor.)
— Von Nachahmungen sind mir folgende bekannt geworden: „Freiherr von Bardenfels“, bürgerliches Trauerspiel in 3 Akten von H.
K. H. v. Trautzschen, in dessen „Deutschem Theater“, 2. Teil, Leipz.
1773. „Das Kriegsrecht“, eine Tragödie o. V., Lüneburg 1781
(„ist weiter nichts als der Deserteur von Mercier, nur die Personen
deutscher Nation sprechen deutsch, die Franzosen französisch“, vgl.
Allgem. Verzeichn. neuer Bücher mit kurzen Anmerkungen etc.
Leipzig, bei Siegfr. Lebr. Crusius, Bd. 4, 1781, S. 761). Hierher gehört auch das vielgesehene, von der Hamburger Theaterdirektion
preisgekrönte Lustspiel von Grossmann „Henriette, oder sie ist schon
verheiratet“. In diesem Stück war Grossmann wenig wählerisch mit
Entlehnungen. Der Stoff ist der neuen Heloise entnommen, im Plan
blickt Diderots „Hausvater“ überall durch. In der Figur des Obristen
v. Freyhof sieht eine Rezension (in der Berl. Litt.- und Theaterzeitung 1778, 1. Bd., 6. Nummer, S. 87 ff.) eine Verschmelzung von
„ein halb Dutzend Charakteren aus anderen Komödien: Hartleu in
der Eugenie [von Beaumarchais], Odoardo Galotti, Comthur im Hausvater, Kapellet in Romeo und Julia und weiss der Himmel, wer
mehr!“ Aus Merciers Deserteur stammen folgende Einzelheiten: der
französische Major Graf Saint-Martin hat Differenzen mit dem Feldmarschall gehabt, hat ihm gefordert und musste darauf fliehen.
Unter dem einfachen Namen Blainville kommt er nach Deutschland
und findet in dem Hause der Obristin v. Freyhof in Abwesenheit
ihres Gatten Aufnahme unter dem Titel eines Lehrers der Tochter
Henriette, mit der er unter den Augen der gutherzigen Mutter ein
Liebesverhältnis anknüpft und sich heimlich verheiratet. Der zurück-
kehrende Oberst erklärt sich mit dieser Ehe einverstanden, nachdem
er, freilich mit Widerstreben, einem von ihm ausersehenen, übrigens

unwürdigen Prätendenten auf die Hand seiner Tochter den Lauf-
pass gegeben hat. Sein Entschluss wird ihm dadurch erleichtert,
dass er in seinem Schwiegersohn einen Offizier erkennt, dem er
einstmals im Kriege gegenüber gestanden und dessen tapferes Benehmen ihm Achtung abgenötigt hatte.

Die Idee der Desertion hat Mercier Jean Michel Sedaines
Singspiel „Le Déserteur" (drame en 3 actes et en prose, mêlé de
musique. Paris 1769) entnommen. Dieses Stück, „an dem man sich
leider zu Frankfurt und Mannheim nicht satt sehen kann" — wie
Chr. H. Schmid in seiner Theaterchronik schreibt — und das auch
sonst im Repertoir keiner Theatergesellschaft fehlte, erlebte ebenfalls verschiedene Uebersetzungen, nämlich von Schwan, Mannheim
1770, von J. G. Eschenburg, Mannheim 1772, Frankfurt 1773, von
M. v. Brahm, Wien 1770, und von J. H. Faber, Frankfurt und Leipzig
o. J. Seine Beliebtheit dankte es auch der von Monsigny dazu ge-
schriebenen Musik. Der Inhalt ist kurz folgender: Alexis, ein
Soldat, macht von seinem nahegelegenen Lager aus einen Besuch
im Dorfe, wo seine Braut wohnt. Er sieht sie in festlichem Zuge
an der Seite eines anderen des Weges daher kommen. Es ist dies
aber weiter nichts als ein verabredeter Scherz, den Louise, die
Braut, banger Ahnungen voll, ungerne mitmacht. Während Alexis
in Bestürzung dasteht, kommt eine Patrouille vorbei und hält ihn
an. An seinem Leben liegt ihm nichts mehr und so giebt er sich
als Deserteur aus. Er wird verhaftet, ins Gefängnis gebracht und
zum Tode verurteilt. Louise eilt in Todesangst dem im Lager er-
warteten Könige entgegen und erhält ein ihr noch unbekanntes
Dekret von ihm. Sie langt beim Kerker an in dem Augenblick, wo
Alexis abgeführt werden soll. Das Dekret enthält die Begnadigung
und Alexis ist gerettet. Gut gelungen ist die drollige Figur des
ewig betrunkenen Dragoners Himmelsturm, der geringfügiger Vergehen halber fortwährend im Arrest sitzt und mit seiner tollen Laune
die düsteren Kerkerszenen erheitert. Die Verwandtschaft von
Stephanies „Deserteur aus Kindesliebe" und Beils „Kurd von Spartau" mit Sedaines Singspiel liegt am Tage. An Nachahmungen sind
noch zu nennen: „Der ehrliche Schweizer" von Madame Hempel,
„Der Transport" von Kaffka, „Der Deserteur", eine Komödie o. V.
Eisenach 1779 (ist mir nicht zu Gesicht gekommen; vielleicht auch
bloss Uebersetzung?), „Der österreichische Deserteur" von K. F.
Hensler (auch dies Stück ist mir unbekannt geblieben).

[20]) Das Citat stammt aus: „Kotzebue, sa vie et son temps etc."
par Charles Rabany. Paris-Nancy 1893. S. 242 Anmerkung.

²¹) Es hiesse wohl die Genauigkeit zu weit treiben, wenn man
in trockener Aufzählung die ansehnliche Masse der hierher gehörigen
dramatischen Litteratur, die mit dem Streben nach thunlichster
Vollständigkeit in das angehängte Verzeichnis aufgenommen ist,
nach gewissen Klassen gruppieren wollte, unter denen den grössten
Raum einnehmen würden: einerseits die Gefolgschaft des „Grafen
v. Walltron" von Möller und des viel weniger beachteten „Arno"
von Babo, der hervorstechendsten Muster des militärischen Volks-
stückes; andererseits die Familie der bürgerlichen Schauspiele mit
vorwiegend militärischen Motiven, als deren Prototyp Stephanies
„Kriegsgefangene", Anton-Walls „Arrestant" und Schröders „Fähndrich" gelten können.

Lessings Bruder Karl stimmt in seiner Biographie von Gotth.
Ephraim (1. Teil. Berlin 1793. S. 240) über die Entartung der
poetischen Intentionen der Minna bei den dii minorum gentium be-
rechtigte Klagen an: „Welche Menge Nachahmer hat dieses Stück
erweckt! Was nur im Militärstande vorkommen kann, hat man
nachher auf der Bühne gesehen: Kriegs- und Standrecht, arquebu-
sieren und ehrlichmachen, Spiessruten und Prügel, Trommel und
Pfeifen, Insubordination und Desertion, Marquetender und Spione!
Eine Theatergarderobe glich nun einer Montierungskammer und in
der Stadt, wo keine Besatzung war, konnte manche Truppe ihre
gangbarsten Stücke nicht aufführen." Wie eine Erlösung betrachtete
er das Aufkommen der Ritterstücke, denn er führt fort: „Dank den
sinnreichen Schöpfern der Operetten und Ritterdramen, die dem
militärischen Unfuge ein wenig gesteuert! Nun hat doch die zärt-
liche Dame Nahrung für ihren Geist und der deutsche Krieger Beispiele von Tapferkeit und Patriotismus aus der Zeit seiner Ahnen!"

²²) Weniger in Betracht kommt hier die moralisierende Tendenz
zahlreicher Lustspiele, wenn darin unter anderem auch die sittlichen
Gefahren des militärischen Standes illustriert werden am Beispiel
eines jungen missratenen Offiziers, den Willkür oder Leidenschaft
zu einem schlechten Streiche verleitet haben. Gewöhnlich bringt
diesen irgend eine derbe Lektion oder das gute Beispiel eines
moralischen Kameraden zur Bekehrung und auf den Weg der Pflicht.
Das bekannteste Beispiel hierfür ist Ferdinand in Gemmingens
„Deutschem Hausvater."

²³) Nach Jördens (Lex. d. Dicht. und Prosaist. Bd. I. S. 464 f.)
wurde „Eid und Pflicht" entworfen unter dem Eindruck des siebenjährigen Krieges. Es wäre also zur selben Zeit wie Lessings „Minna"
aber aus völlig verschiedenen Anregungen entstanden. Das Stück

ist durchaus auf die Form des bürgerlichen Trauerspiels zugeschnitten, erhielt auch gewiss die mannigfachen Motive aus dem Stoffgebiete des Soldatenstücks erst anlässlich einer späteren Umarbeitung. Höchst auffallend ist Engels sichtbare Voreingenommenheit gegen das siegreiche Preussen. Dabei hatte er — nach Jördens Zeugnis — den Hubertusburger Frieden durch eine zündende Rede in der Stadtkirche zu Bützow verherrlicht, nicht zu gedenken des begeisterten Lobliedes, das er kurz nachher im „dankbaren Sohn" dem grossen König und seinen Soldaten sang. Mängel gab es gewiss im preussischen Heerwesen; nur war der Augenblick schlecht gewählt, sie so scharf zu beleuchten. Lessing hatte sie zwar auch nicht ignoriert. Tellheim verdankt solchen ja sein tragisches Geschick. Doch wird in der „Minna" der Erwähnung dieser heikeln Thatsachen jede Spitze genommen durch den Hinweis auf die Intervention des gerechten Königs der als grosser Mann auch ein guter Mann sein muss. So ist denn begreiflich, dass Engel sein Stück bis zum Tode Friedrichs des Grossen zurückgelegt und es dann erst Schröder in Hamburg zur Aufführung überlassen hat; und als es dann endlich nach zahlreichen Umarbeitungen im 6. Band von Engels Schriften 1803 zum erstenmal im Druck erschien, waren alle historischen Spuren daraus verwischt.

²⁴) Babos-Arno erschien im selben Jahre wie Möllers „Walltron" und hat offenbar mit diesem keine Beziehung. Somit konnte sich Babo mit einigem Recht als der Schöpfer einer neuen Gattung, nämlich eben des militärischen Schauspiels betrachten — Stephanie war bis dahin noch nicht über eine lokale Bedeutung hinausgedrungen und somit kamen nur die unmittelbaren Weiterwirkungen des „Déserteurs", des Singspiels von Sedaine und des Trauerspiels von Mercier, in Betracht. — Er täuschte sich freilich sehr über die Tragweite der von ihm ausgehenden Anregungen, da die Mode des Soldatenspiels auf der Bühne doch ausschliesslich an Möllers Namen anknüpft. Hieran trägt Babo wohl selbst die Schuld, denn er rechnet seinem Schauspiele just das zum Vorzuge an, was der Geschmack der Zeit daran zu wünschen übrig fand, nämlich den Mangel an Motiven des Familienrührstücks, deren Unentbehrlichkeit hingegen Möller klug erkannt hatte. Babo schreibt in der Vorrede zum „Arno": „ein Schauspiel ohne Liebe und Frauenzimmer, ein militärisches Schauspiel, ein ungesehenes Meteor!" Dem entgegnet zwei Jahre später eine Rezension im Almanach der deutschen Musen (1779 S. 81) — allerdings etwas vorschnell: „die Zeit ist nun vorüber, wo Leser (!) ein Drama blos deswegen schätzen, weil es mili-

tärisch ist und Herr Babo hat seit der Zeit wirklich etwas Besseres geschrieben." Bezüglich der Spektakelstücke waren freilich Leser bezw. Rezensenten und Theaterpublikum fast immer verschiedener Ansicht!

[25]) Plümicke liebte es überhaupt, Hand an die Werke grosser Zeitgenossen zu legen, um ihnen zu noch grösserer Unsterblichkeit zu verhelfen. Berüchtigt ist seine Bearbeitung von Schillers „Räubern". Zur „Minna" schrieb er ein Nachspiel in 1 Akt „Der Senior". — Hier mag auch flüchtig zwei anderer Dunkelmänner Erwähnung gethan werden, die neben Stephanie (in den „abged. Offizieren") das Meisterwerk Lessings in ihren plumpen Nachahmungen degradierten. „Der Offizier" von Bergopzoomer (? vgl. Verz. 2) beruht auf dem fragwürdigen Kunstgriff einer Umkehrung des Süjets der „Minna". Hier handelt es sich um einen im Krieg reich gewordenen Offizier, der aber vorläufig seine veränderten Glücksumstände verbirgt und sich als armer Leutnant um die Hand der armen Lucinde bewirbt, von deren reichen Angehörigen er sich eine Zeit lang malträtieren lässt, bis es ihm an der Zeit erscheint, die nötigen Aufklärungen über jetzigen Stand und Verhältnisse zu geben. Das „Fräulein v. Blenheim" o. V. (Verz. 74) entschliesst sich, den bedrängten Umständen ihres Vetters, des verabschiedeten Offiziers v. Peltin aufzuhelfen. Um sich aber zuvor über seinen Charakter zu vergewissern, spielt sie eine zeitlang die Rolle eines Kammermädchens, wobei ihr eine Kollegin, eine erbärmliche Nachahmung der Franziska, zur Seite steht.

[26]) Ueber das Verhältnis von Brandes „Landesvater" zu „Emilia Galotti" und „Kabale und Liebe" vgl. Flaischlen, O. H. v. Gemmingen. S. 130 f.

[27]) So nennt dies Motiv eine, im übrigen sehr wohlwollende Kritik in der Jenaer allgem. Litteraturzeitung 1786 Nr. 191 S. 281 f. Die Kritik überhaupt sprach stets mit Ehrerbietung von den schwachen dramatischen Versuchen des gräflichen Dilettanten Friedr. Aloysius Reichsgrafen von Brühl, dem man bei seiner einflussreichen Stellung in der grossen Welt die Beschäftigung mit Wissenschaft und Künsten zu hohem Verdienst anrechnete. Nicht frei von pedantischer Schmeichelei sind die Beurteilungen seiner Stücke, in denen ausnahmelos alte und junge Krieger als Muster der Gesittung und Menschlichkeit paradieren, in der Jenaer Lit. Zeitung in vier Artikeln, ebenso in der Nürnberger Gelehrten Zeitung 1785 S. 695. Getreulich wiederholt das devote Lob Jördens im Lexikon deutscher Dichter und Prosaisten Bd. I. S. 232.

[28]) Aehnlich ist die Fabel in den noch unter französischem Einfluss stehenden Stücken: „Der Zweikampf" von J. L. Schlosser (1767), „Die Versöhnung" von Gebler (1772) und „Das Duell, oder der Weise in der That" Wien 1768. Das letztere ist Uebersetzung des „philosophe sans le savoir" von Sedaine (1765), bekannter in der Uebersetzung von Gotter, Leipzig 1782.

[29]) Flaischlen, in seiner Studie über Gemmingen S. 111. und Anm. 1) hat auf diesen Zug des Hausvaterstücks aufmerksam gemacht, der mit einer Zähigkeit ohnegleichen festgehalten wurde. Es scheint wirklich, als ob zur Schilderung des Hausvaterstandes auf der Bühne absolutes Erfordernis gewesen wäre, zu dem jeweiligen Vertreter nur einen Witwer zu wählen (vgl. auch Anm. 4). In unnatürlicher Uebertreibung des Schmerzes um eine verlorene Gattin hat es wohl keiner weitergebracht, als Kotzebue in „Menschenhass und Reue" und in „Armut und Edelsinn". Dagegen liefert ein würdiges Analogon Bonins „Hass und Liebe", eine schwächliche Nachäffung der Franz Moor-Episoden aus Schillers „Räubern". Der schwache sentimentale Geheimderat v. Steinau wirft einen unnatürlichen Hass auf seinen Sohn Karl, weil er bei dessen Geburt seine Gattin verloren hat.

[30]) Jördens (Lexikon deutscher Dichter und Prosaisten Bd. I. S. 233) weiss über Brühls „Brandschatzung" zu berichten, dass ihm eine wahre Anekdote zu Grunde liegt: „Als im siebenjährigen Krieg König Friedrich II. aus Privatrache das Brühlische Schloss zu Pförten in Brand stecken liess, vollzog der Offizier den Befehl zwar buchstäblich, doch mit solcher Schonung und solchen Massregeln, dass man den edlen Unwillen, den er dabei empfand, deutlich spüren konnte; auch schoss nachher der General Möllendorf der Herrschaft Pförten aus eigener Kasse die Kriegsgelder vor. Dies gab dem Grafen Veranlassung zu dem Schauspiele, welches in Ansehung der Ausführung eines seiner vorzüglichsten ist." Jördens wiederholt hier nur das Lob, das dem Verfasser schon die Jen. allgem. Lit. Zeitung (1786 Nr. 17. S. 129 ff.) gespendet hat. „Alltägliche Dinge auf alltägliche Art gesagt; — wäre sehr zum Zufluchtsschauspiel aufzusparen", äussert lakonisch, aber treffend der Hofschauspieler Beck in Mannheim, von Dalberg um seine Meinung befragt, (Martersteig: Protokolle des Mannheimer Nationaltheaters. Mannh. 1890. S. 210.) und er gab damit das richtige Urteil über all die dramatischen Lappalien des poetischen Krongeneralfeldzeugmeisters.

[31]) Die Rolle des erbarmungslosen Bedrängers gehörte überhaupt zum unentbehrlichen Requisit des bürgerlichen Schauspiels und findet sich namentlich in Stücken, die Diderots „Hausvater" nahestehen.

In solchen Stücken liess man die in Armut und Verborgenheit lebende Geliebte oder die von ihrem Gatten getrennte Frau unter einer habgierigen und brutalen Hauswirtin dulden: eine Umkehrung des Charakters der gutmütigen Frau Hebert, die St. Albins Geliebte Sophia beherbergt. — Auf die mehrfach unternommene Rehabilitation des Lessingschen Wirtes wurde schon hingewiesen (S. 53.).

[32]) Zu den in Gödekes Grundriss 5. Bd. S. 275 f. angeführten Bearbeitungen etc. von Kotzebues „Menschenhass und Reue" wäre noch hinzuzufügen: „Menschenhass und kindliche Reue" Schausp. in 4 Aufz. nach Kotzebue für die Jugend von Heinr. Stephanie, herausg. v. Joh. Chrn. Giesecken. Magdeburg 1792. 8. Vgl. Meusel Gel. Deutschl. Bd. 7. 1798. S. 652.

[33]) Eine Parallele zu dieser Stelle giebt Schröders „unglückliche Ehe d. Delikatesse" 3. Aufz. 10. Auftr. Majorin: „Ist es meine Schuld, dass mir das Schicksal Vermögen gab, ist es Ihre Schuld, dass es Ihnen keines gab?" In der „Minna" wird über diese heikeln Dinge mit viel mehr Takt gesprochen. — Kotzebue schwebte bei dieser Stelle das Ende des 6. Auftr. im 4. Aufz. der „Minna" vor; vgl. besonders die heuchlerisch-rhetorische Phrase Minnas: „Sie können der Meinige in einem Fall nicht sein; ich kann die Ihrige in keinem sein. Ihr Unglück ist wahrscheinlich, meines ist gewiss. — Leben Sie wohl!"

[34]) Vgl. hiezu die herbe Tellheim'sche Sentenz: „es ist ein nichtswürdiger Mann, der sich nicht schämt, sein ganzes Glück einem Frauenzimmer zu verdanken."

[35]) Das Distichon findet sich in A. W. v. Schlegels „Ehrenpforte und Triumphbogen für Kotzebue" Verzeichniss von K.'s Schauspielen, 10. Epigramm.

[36]) Vgl. Briefwechsel über einige Rezensionen der neuesten Wezelischen Schriften, herausgegeben von dem Herausgeber. Leipzig 1779. S. 46.

[37]) Eine ähnliche Nachahmung, anknüpfend an die bedächtig mahnenden Worte der Franziska: „Fräulein, Sie sind trunken, von Fröhlichkeit trunken", findet sich in dem anonymen „Sittengemälde: Vorurteil und Liebe" (Basel 1792. „Karl'n Clawel gewidmet von K . . . .) 1. Aufz. 13. Auftr. Die Liebhaberin drängt ungeduldig ihre Freundin, an ihrer Freude über des Geliebten Ankunft teilzunehmen, wobei diese sich zurückhaltend zeigt und die Bedächtige spielt. Das unbedeutende Lustspiel, ein unselbständiges Hausvaterdrama, wimmelt übrigens von Lessingschen Reminiszenzen, namentlich aus dem „Nathan".

7*

[38]) Ich beschränke mich auf Nennung folgender Stücke, die die angedeutete Lösung zum Schluss bringen: „Der Volontär" von Plümicke, „Der ehrliche Schweizer" von K. L. Hempel, „Nicht mehr als sechs Schüsseln" von Grossmann, „Major Streitenfeld" von Schmiedel, „Das Freikorps" von Perinet, „Edelmut stärker als Liebe" von Brühl, „Die silberne Hochzeit" von Kotzebue, „Der feindliche Sohn" von Arresto, „Der Degen" von Ehrimfeld.

[39]) Daran pflegte man dann die Exposition des Stückes anzuknüpfen, deren Kosten die Bedientenszenen so häufig zu tragen hatten. Aehnlich oft kehrte es wieder, dass man am Ende den Personen des Stückes einen schicklichen Vorwand gab, von der Szene zu verschwinden, durch die meist von einem Vater ausgesprochene Aufforderung, nun zum Essen zu gehen und sich nach all dem überstandenen Ungemach schmecken zu lassen. So z. B. in Grossmanns „Henriette" und „Nicht mehr als sechs Schüsseln", in Sprickmanns „Schmuck", Jüngers „Badekur", Schinks „verlorenem Sohn" und Kotzebues „Gefangenem".

Bibliographisches Verzeichnis.

1. **Der Graf von Olsbach,** oder die Belohnung der Rechtschaffenheit. Lustsp. in 5 A. von J. Ch. **Brandes** [1768]. Lustspiele Leipz. 1773—76. II; I. 1.

2. **Der Offizier.** Nachsp. in 1 A. o. V. [**Bergopzoomer?**] [1]) Uebersetzte auserlesene neue Lustspiele nebst einem deutschen Nachspiel. Frankf. u. Leipz. 1769.

3. **Die Werber.** Lustsp. in 5 A. von **Stephanie** d. J. nach dem Engl. des Farquhar [1769]. Sämtliche Lustspiele Wien 1771. Nr. 1. Umgearbeitet in den Sämtl. Lustsp. 1777—80; I. 1.

4. **Die abgedankten Officiers,** oder Standhaftigkeit und Verzweiflung. Lustsp. in 5 A. von **Stephanie** d. J. Wien 1770.

?5. **Der listige und unerschrockene Husar.** Von **Gleditsch.** Sammlung einiger Commedien bestehend in Lust- und Schäferspielen. Hrsg. von A. M. Sprickmann. Frankf. u. Leipz. 1770. Nr. 5.

6. **Die Wirtschafterin,** oder der Tambour bezahlt alles. Lustsp. in 2 A. von **Stephanie** d. J. [1770]. Sämtl. Lustsp. Wien 1771. Nr. 4.

7. **Der dankbare Sohn.** Ländliches Lustsp. in 1 A. von J. J. **Engel.** Leipz. 1771.

8. **Die Kriegsgefangenen,** oder grosse Begebenheiten aus kleinen Ursachen. Lustsp. in 5 A. von **Stephanie** d. J. Wien 1771.

---

[1]) Möglicherweise ein Nachdruck des in Wien 1768 erschienenen, mir unbekannt gebliebenen „Offiziers" von Joh. Bapt. Bergopzoomer.

9. Der Deserteur aus Kindesliebe. Lustsp. in 3 A. von Stephanie d. J. Wien 1773.

10. Die Deutschen. Lustsp. in 5 A. von J. Ch. Bock. Hamburg 1773. — Umgearb. von Stephanie d. J. unter dem Titel: „Wer hat sich nun betrogen?" Lustsp. in 3 A. Wien 1779.

11. Freiherr von Bardenfels. Bürgerl. Trauersp. in 3 A. von H. K. H. v. Trautzschen, in dessen Deutschem Theater. Leipz. 1772. Nr. 8.

12. Der weibliche Deserteur. Ballet in 2 A. o. V.[1]

13. Henriette, oder sic ist schon verheirathet. Lustsp. in 5 A. nach der Neuen Héloise von G. F. W. Grossmann. Hamburgisches Theater. Bd. 2. 1777. Nr. 1[2]).

14. Präsentiert das Gewehr. Lustsp. in 2 A. von J. H. F. Müller nach einer Idee des Moissy. Wien 1775.

15. Der Schneider und sein Sohn. Originallustsp. in 2 A. von Franz Fuss. Neues Wienertheater vom Jahre 1775. Teil III. Nr. 4.

16. Der Volontair. Lustsp. in 1 A. von K. M. Plümicke. Zum erstenmal aufgeführt an dem Geburtsfest Sr. Majestät des Königs. Breslau 1775.

17. Wilhelmine. Schausp. in 1 A. von Fr. W. G. Wetzel. Gera 1775.

18. Wilhelmine von Blondheim. Trauersp. in 3 A. von G. F. W. Grossmann. Gotha 1775.

19. Arno. Militär. Drama in 2 A. von J. M. Babo. Frankf. u. Leipz. 1776.

20. Der ehrliche Schweizer. Schausp. in 2 Handl. o. V. [Karoline Louise Hempel, nachmalige Klencke][3]). Berlin und Leipz. 1776.

---

[1] Nach Meyer, Schröder II. 2. S. 77 im Jahre 1773 oder 74 auf der Hamburg. Bühne vorgestellt. Inhaltsangabe liefert die Berl. Litt. und Theaterzeitung 1780. S. 762 f.

[2] Nach Meyer, Schröder II. 2. S. 150 schon 1775 aufgeführt.

[3] Tochter der Katschin. Unter keinem der beiden Namen bei Gödeke zu finden.

21. **Eid und Pflicht.** Bürgerl. Trauersp. in 5 A. von J. J. Engel. Berlin 1803 [1]).

22. **Der Graf von Walltron,** oder die Subordination von H. F. Möller. Bald als Schausp., bald als Trauersp. an vielen Orten gedruckt. Erstmal. Aufführung zu Prag 25. Januar 1776.

23. **Die verstorbene Ehefrau,** oder drey Liebhaber auf einen Tag. Lustsp. in 5 A. von C. F. Bretzner[2]). Theater der Deutschen Bd. 18 Nr. 1.

24. **Die Werbung für England.** Ländl. Lustsp. in 1 A. von J. C. Krauseneck. Bayreuth 1776.

25. **Gewinnt der Fürst,** wenn er sich herablässt? Lustsp. in 1 A. von S. F. Schletter. Frankf. u. Leipz. 1777[3]).

26. **Der Graf von Sonnenthal,** oder das Schicksal des Soldaten. Lustsp. in 2 A. o. V. Frankf. u. Leipz. 1777[4]). (Nachahmung des „Ministers" von Gebler.)

27. **Graf Treuberg**[5]). Originaltrauersp. für Soldaten und Patrioten in 5 A. von K. Czechtitzky. Elbing o. J.

28. **Henriette von Blumenau,** oder die Liebe aus Dankbarkeit. Rührendes Lustsp. in 5 A. o. V. [Ign. Cornova] Prag 1777.

29. **Der Transport.** Lustsp. in 1 A. von J. C. Kaffka. Nürnberg 1777.

30. **Die Wildschützen.** Lustsp. mit Gesängen in 3 A. von Stephanie d. J. Wien 1777.

31. **Der abgedankte Offizier,** oder Joseph der Gute. In einer komisch. Oper von 5 Abtheil. vorgestellt von der in dem befreyten Stift zu'n Wengen in Ulm studierenden Jugend mit Musik von J. Lederer 4. o. J. [zwischen 1774 und 76][6]).

---

[1]) Nach Jördens' Lexikon I, S. 464 schon 1776 vollendet u. d. Titel „Die Geisel".

[2]) Fehlt bei Gödeke Bd. IV. S. 253, 21.

[3]) 1778 unrichtig siehe Gödeke V. S. 322.

[4]) Vgl. Almanach der deutschen Musen 1779. S. 115.

[5]) Nicht Treuburg wie bei Gödeke V. S. 396.

[6]) So citiert nach Albr. Weyermanns Neuen Nachrichten von Gelehrten etc. aus Ulm 1829. S. 267 ff. Ob die Ausgabe: zwischen 1774

32. **Alles aus Freundschaft.** Lustsp. in 5 A. von Herrn
v. F** aus Dresden, überarbeitet von Herrn Schmidt in Wien 1778.

33. **Das grosse Beispiel**, oder welch ein Mensch! Schausp.
in 3 A. von F. J. Fischer. Prag 1778.

34. **Ertappt, Ertappt!** Lustsp. in 1 A. von J. K. Wezel.
Lustspiele Leipz. 1778—87. IV; I Nr. 2.

35. **Das lustige Soldatenleben im Felde**, oder: so gehts
im Lager zu. Oper in 2 A. o. V. Offenbach 1778.

36. **Das Lustlager.** Lustsp. in 1 A. o. V. Frankf. a. M. 1778.

37. **Der Soldat.** Lustsp. von A. J. Brenner. Jena 1778.

38. **Die Wayse.** Schausp. in 4 A. von einem preussischen
Offizier [C. P. F. König]. Frankf. u. Leipz. 1778.

39. **Das Winterquartier in Amerika.** Lustsp. in 1 A.
von K. M. Babo. München 1778.

40. **Die Wölfe in der Herde**, oder die beängstigten Liebhaber. Lustsp. in 5 A. von Stephanie d. J. Sämtl. Schausp.
4. Bd. Wien 1778. Nr. 4.

41. **Der Adjutant.** Lustsp. in 3 A. von W. H. Brömel.
(Preisgekrönt in Wien 1779.) Hamb. 1780.

42. **Der Arrestant.** Lustsp. von Anton-Wall (Chr.
Lebrecht Heyne). Ursprüngl. in 1 A., preisgekrönt von Schröder
in Hamb. Von diesem wegen der übermäss. Länge in 2 A. geteilt
und so i. J. 1779 aufgeführt[1]). Vom Verf. nochmals in 3 A. ab-
geändert und so erschienen. Leipz. 1780.

---

und 76 richtig ist, kann ich nicht entscheiden, da auch Lederers
Mspt. zu diesem Stück keine Jahreszahl enthält. (Dasselbe — nicht
als Oper, sondern als Drama — befindet sich auf der Stadtbibliothek
zu Ulm in einem Sammelband von Trauer- und Lustspielen von Lederer.)
Auffallend ist, dass sein Inhalt identisch ist mit einem 1778 in Erfurt
o. V. erschienenen gleichnamigen Schausp. in 5 Abteilungen, welches
Gödeke IV S. 220 (nach Meusel 14, 85) C. F. Timme zuschreibt. Wer
von den beiden Verf. war der Plagiarius? Vgl. auch Anm. zu Nr. 56. —
Dass Gödeke Lederer an 2 Orten, IV S. 121, 49 und V S. 366, 1,
nennt, ist wohl ein Versehen.

[1]) Vgl. Meyer. Schröder II. 2; S. 172.

43. **Die dankbare Tochter**, oder die Einquartierung. Ländl. Lustsp. mit Gesang in 1 A. o. V. [Andr. Gottl. Hartmann.] Leipz. und Budissin 1779 [1]).

44. **Der Deserteur.** Eine Komödie o. V. Eisenach 1779.

45. **Eigensinn und Ehrlichkeit.** Lustsp. in 5 A. von J. K. Wezel. Lustspiele Leipz. 1778—87. IV; II. Nr. 1.

46. **Die Erbschaft.** Schausp. in 3 A. Frankfurt 1779 [2]). Bearbeitung von Borchers nach dem „Intelligenzblatt“ von E. K. L. Ysenburg v. Buri. Schausp. in 3 A. aufgeführt in Wien 1778.

47. **Es ist Friede.** Ländl. Drama in 1 A. von J. C. Bock. Zur Feier des Friedensschlusses in Teschen. Leipz. 1779.

48. **Der junge Menschenfreund.** Lustsp. in 5 A. von J. Cornova. Prag 1779.

49. **Der Patriot auf dem Lande.** Eine Familienszene mit Gesang und Tanz am Geburtstage des Königs. Breslau und Leipz. 1779 von Karl Emil Schubert [3]).

50. **Der Schmuck.** Lustsp. in 5 A. von A. M. Sprickmann. Wien 1779.

51. **Die seltsame Probe.** Lustsp. in 5 A. von J. K. Wezel. Lustspiele Leipz. 1778—87. IV; II, Nr. 2.

52. **Wildheit und Grossmut.** Lustsp. in 2 A. von J. K. Wezel. Lustspiele Leipz. 1778—87; III, Nr. 3.

53. **Die glückliche Werbung.** Ein ländl. Lustsp. in 2 A. mit Chören, geheiligt dem grossen König Friedrich II. als Er Deutschland den Frieden gab im Frühling 1779. o. V. Hanau u. Frankf. 1779.

54. **Die Winterquartiere.** Lustsp. in 5 A. von E. A. W. Rost. Leipz. 1779.

55. **Betrug für Betrug**, oder: wer hat nun die Wette gewonnen? Lustsp. in 3 A. von S. F. Schletter. Wien 1780.

---

[1]) Nicht 1784, wie bei Gödeke IV. S. 256, 42. 3).
[2]) 1780 unrichtig; so bei Gödeke V. S. 375.
[3]) Fehlt bei Gödeke V. S. 255.

56. Der Chargenverkauf. Lustsp. in 1 A. o. V. Salzburg 1780[1]).

57. Der edelmütige Sohn. Drama in 5 A. von Karl Friedrich Paalzow[2]). Hambg. 1780.

58. Die Familienheyrath, oder der Rekrutenaushub. Operette in 2 A. o. V. Weimar 1780.

59. Henriette, oder der Husarenraub. Schausp. in 5 A. nach dem Roman gleichen Namens [v. Beuvius] von C. M. Plümicke. Berlin 1780.

60. Nicht mehr als sechs Schüsseln. Familiengemälde von G. F. W. Grossmann. Bonn 1780.

61. Der Sekretär, oder: das wird sich finden. Dramat. Versuch in 3 A. o. V. Eisenach 1780.

62. Wer wird sie kriegen? Lustsp. in 1 A. von einem Soldaten. Wien 1780.

63. Der Wiederkauf. Ländl. Lustsp. mit Gesang in 3 A. von S. F. Schletter. Musik von Franz Danzy. Mannheim 1780.

64. Albert von Thurneysen. Bürgerl. Trauersp. in 4 A. von Iffland. Mannheim 1781.

65. Die glückliche Jagd. Lustsp. in 2 A. o. V. Augsburg 1781.

66. Die jungen Rekruten. Kom. Operette in 3 A. mit Musik von J. Lederer. Ulm 1781.

---

[1]) Wie beim „abged. Offizier" (Nr. 31) liegen auch hier zwei inhaltlich gleiche Ausgaben mit verschiedenem Druckort vor. Die eine, Altenburg 1780, schreibt Meusel (Gel. Deutschl. 2, 308) und nach ihm Gödeke (V. S. 389) Fellner zu. Die Ausg. Salzburg 1780 oder 81 soll J. Lederer zum Verf. haben. (Vgl. Weyermann, Nachrichten von Gelehrten etc. aus Ulm S. 267 ff. und nach ihm Gödeke IV. S. 121 und V. S. 366). Vielleicht pflegte der k. k. gekrönte Dichter, Prof. Lederer, fremde Stücke für die Schüleraufführungen seines Augustinerklosters zurechtzumachen und sie unrechtmässiger Weise unter seinem Namen drucken zu lassen?

[2]) Nicht: Karl Ferdinand Paalzow. Auch Stendal 1786 ist unrichtig. Vgl. Gödeke V. S. 397.

67. Das Kriegsrecht. Tragödie, o. V. Lüneburg 1781.

68. Die Recrouten auf dem Lande. Kom. Oper in 3 A. o. V. Wittenberg und Zerbst 1781.

69. Der schöne Lieutenant, oder die Verwandlung. Lustsp. in 5 A. von C. F. Timme. Erfurt 1781.

70. Die weibliche Beständigkeit. Schausp. in 5 A. von F. J. v. Günderode gen. Kellner. Frankf. u. Leipz. 1781.

71. Alles in Schuh und Strümpfen. Militär. Schausp. aus einer wahren Geschichte von B. D. A. Cremeri. Linz o. J. [1782]. — Der Auditor, oder Alles u. s. w. Militär. Schausp. in 5 A. Frankf. u. Leipz. 1788.

72. Die drey Töchter. Lustsp. in 3 A. von C. H. Spiess. Wien 1782.

73. Der Fähndrich. Lustsp. in 3 A. von F. L. Schröder. (Erstmals aufgeführt 1782.) Beitrag zur deutschen Schaubühne. 2. Theil. Berl. 1786. Nr. 1.

74. Das Fräulein v. Blenheim. Lustsp. in 3 A. o. V. Dessau 1782.

75. Der Landesvater. Schausp. in 5 A. von J. Ch. Brandes (1782). Sämtl. dramat. Schriften. Bd. 1. Leipz. 1790. Nr. 1.

76. Der Baron von Wallenstein. Militär. Trauersp. in 5 A. o. V. Gotha 1783.

77. Der hessische Offizier in Amerika. Lustsp. in 3 A. von J. A. Weppen. Göttingen 1783.

78. Der Invalide, oder: nicht jeder ist todt, von dem die Leute es sagen. Ländl. Lustsp. in 2 A. o. V. a. O. [Wien] 1783.

79. Der Rekrut; ein deutsches Schausp. mit Gesang in 5 A. von F. G. Hagemann. Hamburg 1783.

?80. Die Liebe unter den Waffen. Lustsp. in 3 A. von K. F. Graf Traun. St. Pölten 1783.

81. Der Ring. Lustsp. in 5 A. von F. L. Schröder [nach Farquhars „Constant couple"] erstmals aufgeführt 1783 zu Hambg. [1]). Beitrag zur deutschen Schaubühne. 2. Theil. Berlin 1786. Nr. 2.

---

[1]) Vgl. Meyer, Schröder: II. 2; S. 172.

82. Der theure Ring. Lustsp. von A. Graf Törring-Seefeld. München 1783.

83. Der Weise in der Uniform, oder ihn nimmt nichts Wunder. Lustsp. in 2 A. o. V. Regensburg 1783.

84. Albert und Louise, oder der Trommelschlag zur Rebellion. Schausp. von J. A. Braun. Basel 1784.

85. Der Hauptmann von Breisach. Schausp. in 1 Handl. von J. W. A. Schöpfel. Anspach 1784.

86. Der lahme Husar. Kom. Oper in 2 A. von Friedr. Koch. Dresden u. Leipz. 1784.

87. Das lustige Soldatenleben. Lustsp. in 1 A. von Ludw. Fischer, Schauspieler zu Karlsruhe. Mspt. 1784 [1]).

88. Der Ring, oder die unglückliche Ehe durch Delikatesse. Lustsp. in 4 A. von F. L. Schröder; erstmals aufgeführt 1784 [2]). Beitrag zur deutschen Schaubühne 3. Theil. Berl. 1790. Nr. 1.

89. Der Strich durch die Rechnung. Lustsp. in 3 A. von J. F. Jünger. Wien 1784.

90. Die Badekur. Lustsp. in 2 A. von J. F. Jünger. Lustspiele Leipz. 1785—90. V.; I Nr. 1.

91. a) Das Findelkind. Lustsp. in 5 A., und b) Die Brandschatzung. Schausp. in 5 A. von A. F. Graf v. Brühl. Theatral. Belustigungen. Dresden 1785—90. V.; I Nr. 1 und 2.

92. Den ganzen Kram und das Mädchen dazu. Lustsp. in 1 A. von A. F. Graf v. Brühl. Dresden 1785 [3]).

93. General Moorner, oder der Streit zwischen Liebe und Pflicht. Schausp. in 5 A. vom Verf. der Emilie Sommer [Fr. G. Thilo]. Leipz. 1785.

94. General Schlenzheim und seine Familie. Schausp. in 4 A. von Chn. Heinr. Spiess. Frankf. u. Leipz. 1785.

95. Major Streitenfeld, oder wenige lieben so. Lustsp.

---

[1]) Mspt. 238 der Karlsruher Hof- und Landesbibliothek.
[2]) Nach Meyer, Schröder II, 2. S. 172.
[3]) Nicht Wien 1787, wie bei Gödeke V. S. 387.

in 3 A. von F. L. Schmiedel in dessen theatral. Werken.
Wien 1785 [1]).

96. Der Rechtschaffene darf nicht immer darben.
oder: wenn's der Fürst nur weiss, er hilft gewiss. Eine dialogisierte Anekdote in 3 A., o. V. [Joh. Protkhe] Lemberg im
Verl. des Autors 1785. — Neue Auflage unter dem Titel: „Armuth
um Liebe." o. O. 1787[2]).

97. Rosalie v. Felsheim, oder Liliput. Lustsp. in 5 A.
von F. J. H. Reichsgraf v. Soden. Berlin 1785.

98. Die Schwärmereyen der Liebe und des Hasses.
Bürgerl. Trauersp. von G. L. Hempel. Leipz. 1785.

99. Die Belagerung. Lustsp. von K. Fr. Kretschmann.
Sämtl. Werke. Leipz. 1784—99 VI.; III., 1786. Nr. 2.

100. Der Bürgermeister. Originallustsp. in 5 A. von
A. F. Graf v. Brühl. Theatral. Belustigungen. Dresden 1785
bis 90 V; III Nr. 1.

101. Ein jeder reitet sein Steckenpferd. Lustsp. in
5 A. von A. F. Graf v. Brühl. Theatral. Belustigungen. Dresden
1785—90 V; II Nr. 1.

102. Hass und Liebe. Schausp. in 4 A. von Ch. Fr. Ferd.
Ans. v. Bonin. Berlin 1786.

103. Die Rache. Lustsp. in 2 A. von A. F. Graf v. Brühl.
Theatral. Belustigungen. Dresden 1785—90 V; II Nr. 3.

104. Das Räuschgen. Lustsp. in 5 A. von Ch. F. Bretzner.
Leipz. 1786.

105. Die Schauspielerschule. Originallustsp. in 3 A.
von J. D. Beil. Mannh. 1786. — Neu hrsg. u. d. Titel: „Liebe
um Laune". Zürich 1794.

106. Ein Uebel ist oft der Grund zum Glück, oder
die Verirrung. Lustsp. in 4 A. o. V. Deutsche Schaubühne.
Augsb. Jahrg. 1789 Bd. 7 (nach Fernbach S. 319: 1786).

[1]) Gödeke V. S. 331. 107) giebt keinen Verf. und unrichtiges
Jahr an.
[2]) Somit wäre zu streichen: Gödeke V. S. 332. Nr. 111.

107. Der alte böse General. Lustsp. in 3 A. von K. Fr. Kretschmann. Sämtl. Werke. Bd. 4. Leipz. 1787.

108. Der Grandprofos. Trauersp. in 4 A. von E. Schikaneder. Regensbg. 1787.

109. Die Matrosen. Schausp. mit Gesang in 2 A. von E. K. L. Ysenburg v. Buri. Neuwied 1787 ¹).

110. Menschen und Menschensituationen, oder die Familie Grunau. Schausp. in 5 A. von K. Steinberg. Frankf. u. Leipz. 1787.

111. Die Mittagssuppe, oder: merk' dir's, ich war Soldat. Familiengemälde von Frz. Xaver Wimmer. Fünfkirchen 1787.

112. Der Ring, oder die unvermutete Entdeckung. Originallustsp. in 3 A. von J. G. Haller. Prag und Wien 1787.

113. Der Soldat und sein Mädchen. Originalschausp. in 5 A. von J. A. Waldvogl. Wien 1787.

114. So zieht man dem Betrüger die Larve ab. Lustsp. in 5 A. von A. F. Graf v. Brühl. Theatral. Belustigungen. Dresden 1785—90; IV Nr. 3.

115. Das Freykorps. Lustsp. in 3 A. o. V. [J. Perinet]. Wien 1788.

116. Liebe und Philosophie. Kom. Singspiel in 3 A. von A. W. v. L. [Aug. Wilh. v. Leipziger]. Glogau 1788.

117. Der Obriste von Hohenthal. Originallustsp. in 5 A. von J. G. Haller. Prag 1788 ²).

118. Der dankbare Fürst. Originalschausp. in 2 A. von Frz. Jos. Franzky. Brünn 1789.

119. Die Kriegssteuer. Schausp. in 3 A. von L. Huber. Nach einer wahren Geschichte bearbeitet, dem Willigen zum Vergnügen und dem Murrenden zur Belehrung, während der Winterquartiere aufzuführen. Wien 1789.

120. Der Liebe Lohn. Schausp. in 2 A. von Chn. Aug. Vulpius. Bayreuth 1789.

---

¹) Gödeke V. S. 375: Ehrenbreitstein 1789.
²) Nicht 1781 wie bei Gödeke V. S. 350.

121. **Rene versöhnt.** Schausp. in 5 A. von Iffland. Berlin 1789.

122. **Der Bürger und der Soldat.** Originallustsp. in 3 A. von C. Edler v. Marinelli. Pressbg. o. J.

123. **Curd von Spartau.** Schausp. in 4 A. von J. D. Beil. Mannh. 1790 [1]).

124. **Die deutsche Hausmutter.** Schausp. in 5 A. o. V. Mannh. 1790.

125. **Edelmuth stärker als Liebe.** Lustsp. in 1 A. von A. F. Graf v. Brühl. Theatral. Belustigungen. Dresden 1785 bis 90 V; V. Nr. 4.

126. **Das Ehrenwort.** Lustsp. in 4 A. von Chn. Heinr. Spiess. Prag u. Leipz. 1790.

127. **Die Engländer in Amerika.** Schausp. in 4 A. von J. F. E. Albrecht. Prag 1790.

128. **Erlachs Tod.** Vaterländ. Trauersp. von Jos. Ign. Zimmermann. Augsbg. 1790.

129. **Freemann, oder wie wird das ablaufen?** Schausp. in 4 A. von E. F. Jester (Uebersetzung?) Königsb. 1790 [2]).

130. **Der Invalide.** Militär. Originallustsp. in 3 A. von K. F. Hensler. Marinellische Schaubühne in Wien 1790—91 IV; I Nr. 2.

131. **Das Kind der Liebe.** Schausp. in 5 A. von Kotzebue (erstmals aufgeführt 1790). Leipz. 1791.

132. **Der Postmeister.** Lustsp. in 4 A. von Ch. Fr. Ferd. Ans. v. Bonin (angenommen von der k. k. Nationaltheaterdirektion in Wien i. J. 1790). Duisburg 1792.

?133. **Der Soldat von Cherson.** Lustsp. in 3 A. von K. F. Hensler. Marinellische Schaubühne Bd. 3, 1790; Nr. 1.

134. **Wohlthun macht glücklich.** Originalschausp. in 5 A. von Frz. Tr. Senf. Meissen 1790.

135. **Baron von Blankenstein, oder die bereucte Ueber- eilung.** Schausp. in 3 A. o. V. Hamburg 1791.

---

[1]) Nicht 1791. wie bei Gödeke V. S. 290.

[2]) Fehlt bei Gödeke IV. S. 253 f.

136. Die Einöde. Schausp. in 4 A. von J. D. Beil. Münster 1791. — Neu hrsg. u. d. Titel „Die Freystatt der müden Pilger" Zürich 1794.

137. Eulalia Mainau, oder die Folgen der Wiedervereinigung. Ein bürgerl. Trauersp. in 4 A. von F. J. W. Ziegler (Fortsetzg. von Kotzebues „Menschenhass und Reue"). Wien 1791.

138. Der Familienpokal, oder der militärische Hausvater. Originalschausp. in 5 A. von Sal. Frdr. Schletter a. O. 1791.

139. Grossmuth und Liebe. Schausp. in 5 A. von J. H. Bösenberg (Bearbeitung des „Constant couple" von Farquhar). Dramat. Beitr. für das Hoftheater in Dresden. Dresd. u. Leipz. 1791; Nr. 2.

140. Die Kriegskameraden. Lustsp. in 5 A. von Frz. Kratter. Wien 1791.

141. Der österreichische Deserteur. Militär. Lustsp. in 5 A. von K. F. Hensler. Marinellische Schaubühne. Bd. 4, 1791 Nr. 1.

142. Stadt und Land, oder: Mädchen, die das Land erzogen hat, sind wie die Mädchen in der Stadt. Lustsp. in 3 A. von Ch. H. Spiess. Prag 1791.

143. Verbrechen und Edelmuth. Schausp. in 4 A. von F. W. Raebiger. Berlin 1791.

144. Elise von Valberg. Schausp. in 5 A. von Iffland. Leipz. 1792.

145. Das Inkognito, oder der König auf Reisen. Lustsp. in 4 A. von F. J. W. Ziegler. o. O. 1793 [1792 Hofburgtheater].

146. Das Judenmädchen von Prag. Originallustsp. in 3 A. von K. F. Hensler. Wien 1792.

147. Die Kriegsgefangenen, oder Kindesliebe kennt keine Grenzen. Lustsp. in 3 A. von K. F. Hensler. Wien 1792.

?148. Der militärische Besenbinder. Lustsp. in 3 A. von K. F. Hensler. Wien 1792.

149. Die Eroberung von Valenciennes. Schausp. in 1 A. von F. G. Hagemann. Hannover 1793.

150. Der Generalmarsch. Trauersp. in 4 A. von Fr. Leo. Frankf. 1793.

151. Die glückliche Werbung, oder Liebe zum König. Volkslustsp. in 1 A. von F. G. Hagemann. Hannover 1793.

152. Die Husaren. Schausp. in 5 Handl. von Fr. Werner. Hannover 1793.

153. Karl von Strahlenberg. Schausp. in 5 A. von D. B—n. [J. E. D. Bornschein]'). Leipz. 1793.

154. Die Quälgeister. Lustsp. in 5 A. von Heinr. Beck o. O. 1794²). (Nach Shakespeares „Much Ado about Nothing".) Hofburgtheater 1793.

155. Die Rekrutierung. Lustsp. von J. G. Schildbach. Prag 1793.

156. Versprechen macht Schuld, oder: was thut die Liebe nicht? Lustsp. in 3 A. von K. G. Miersch. Berlin 1793.

157. Weltton und Herzensgüte. Familiengemälde in 4 A. von F. J. W. Ziegler. Wien 1793³).

158. Edelmut und Rachsucht. Schausp. in 3 A. von K. A. Seidel. Dessau 1794. Leipz. 1794.

159. Die Einquartierung. Schausp. in 1 A. von F. Ochsenheimer. Mannheim 1794.

160. Das Einverständnis, oder auch unter dem besten Fürsten kann so etwas geschehen. Dramatisierter Roman in 4 A. o. V. Augsburg 1794.

161. Die Einwilligung. Lustsp. in 3 A. von J. C. D. Curio. Braunschw. 1794.

162. Der Freundschaftsdienst, oder: wie macht es der Onkel in der Comödie? Lustsp. in 3 A. von Frikke. Leipz. 1794⁴).

163. Heldenmut und Vaterlandsliebe, oder Laudons

') Nicht Bonin, wie Gödeke V. S. 382 angiebt. V. S. 518 steht übrigens das Stück unter dem richtigen Verf.

²) Gödeke nennt als früheste Ausgabe: Frankfurt 1802.

³) Gödeke V, S. 292 giebt an: Leipz. 1799, Wien 1802.

⁴) Verf. nicht bei Gödeke.

und Koburgs Denkmal. Vaterländ.-militär. Originalschausp. in 3 A. aus den Kriegszeiten des Jahres 1789 von Jak. Edler v. Zepharovich. Wien 1794.

164. Der Invalid, oder der Geburtstag. Oper (?) in 3 A. von B. J. v. Koller. Wien 1794.

165. Die schöne Sünderin. Schausp. in 4 A. von E. F. H...r [Hesler?][1]). Leipz. 1794.

166. So handeln Freunde. Originalgemälde aus dem häusl. Leben in 1 A. o. V. Wien 1794.

167. Der verlorene Sohn. Lustsp. in 3 A. von J. Fr. Schink. Wien 1794[2]).

168. Alles in Uniform für unsern König. Volkslustsp. in 3 A. von K. F. Hensler. Wien 1795. — Fortsetz. u. d. Titel: Der Spion. Lustsp. in 3 A. gespielt 1795.

169. Armuth und Edelsinn. Lustsp. in 3 A. von Kotzebue. Leipz. 1795.

?170. Der Denkpfennig, oder der Wachtmeister. Originallustsp. in 1 A. von K. F. Hensler. Wien 1795.

171. Dienstpflicht. Schausp. in 5 A. von Iffland. Leipz. 1795.

?172. Die preussischen Husaren im französischen Nonnenkloster. Schausp. in 5 A. von Frz. Christel. Cöthen 1795[3]).

173. Die schöne Marketenderin. Militär. Originalsingsp. von K. F. Hensler. Musik von W. Müller. Gespielt 1795.

174. Die Verläumder. Schausp. in 5 A. von Kotzebue. Leipz. 1795.

175. Der Vormund. Schausp. in 5 A. von Iffland. Leipz. 1795.

---

[1]) So wird der Verf. genannt in Kaysers Bücherlex. Bd. VI. Schauspiele S. 98. Gödeke kennt den Verf. nicht.

[2]) Fehlt bei Gödeke IV. S. 350 f.

[3]) Citiert nach Gödeke V. S. 375 und V. S. 552, wo das Stück o. V. unter den Satiren genannt wird.

176. Die Freywilligen. Gemälde der Zeit mit Gesang in 1 A. von Stephanie d. J. Die Musik dazu ist von H. Kapellmeister und Kompositeur Süssmeyer. 2. Aufl. Wien 1796 [1]).

177. Obrist von Steinau, Häusl. Lustsp. in 5 A. von B. J. v. Koller. Basel 1796.

178. Der Kammerhusar. Schausp. in 1 A. von B. J. v. Koller. Regensbg. 1796.

179. Der seltene Onkel. Lustsp. in 4 A. von F. J. W. Ziegler. Wien 1796.

180. Die deutsche Hausmutter. Schausp. in 5 A. von Fr. J. H. Reichsgraf v. Soden. Augsb. u. Gunzenhausen 1797.

181. Die erwünschte [2]) Rekrutierung. Lustsp. in 1 A. von Heinr. Beck. Wien 1797.

182. Die Erbschaft zur rechten Zeit. Schausp. in 3 A. o. V. Leipz. 1797.

183. General Wurmsal und seine Familie. Sittengemälde in 2 A. von Frz. Xav. Wimmer. Prag 1797 [3]).

184. Die getreuen Oesterreicher, oder das Aufgebot. Volksstück mit Gesang in 3 A. etc. von K. F. Hensler (Fortsetzg. v. Nr. 168). Wien 1797.

185. Die Hautboisten. Lustsp. in 1 A. von W. Bröckelmann. Cassel 1797.

186. Der österreichische Soldat in Kehl. Vorsp. in 1 A. nach Hagemann (Eroberung v. Valenciennes? vgl. Nr. 149), bearbeitet von K. F. Hensler. Wien 1797.

187. Die schwarze Frau. Lustsp. in 2 A. o. V. Leipz. 1797.

---

[1]) Fehlt bei Gödeke IV. S. 76.

[2]) Die verwünschte R. ist nur bei Gödeke V. S. 291, 13, Nr. 6) citiert. An verschiedenen andern Orten las ich „erwünschte". Das Stück ist mir nicht zu Gesicht gekommen. — Uebrigens sind irrtümlicher Weise bei Gödeke 2 Werke von Heinr. Beck: „Der Geheimnisvolle" und „Die erwünschte Rekrutierung" ein zweitesmal citiert und einem J..... Beck zugeschrieben: V. S. 339, 138.

[3]) Fehlt bei Gödeke V. S. 344, 180.

8*

188. Der [1]) Blinde. Schausp. in 5 A. von Fr. J. H. v. Soden. Grätz 1798.

189. Falsche Scham. Schausp. in 4 A. von Kotzebue. Neue Schausp. Bd. 1. Leipz. 1798. Nr. 2.

190. Hochverrat, oder der Emigrant. Schausp. in 5 A. von Fr. Rambach. Leipz. 1798.

191. Der Spieler. Schausp. in 5 A. von Iffland. Leipz. 1798.

192. Weihnachtsabend, oder Edelmann und Bürger. Schausp. in 5 A. von G. Hagemann. Eisenach 1798.

193. Der Veteran. Schausp. in 1. A. von Iffland. Leipz. 1798.

194. Die Geflüchteten. Schausp. in 1 A. von Iffland. Leipz. 1799.

195. Gute Menschen lieben ihren Fürsten, oder die Jakobiner in Deutschland. Zeitstück in 3 A. von K. F. Hensler. Wien 1799.

196. Leichter Sinn. Lustsp. in 5 A. von Iffland. Leipz. 1799.

197. Der Lorbeerkranz, oder die Macht der Gesetze. Originalschausp. in 5 A. von Fr. J. W. Ziegler. Wien 1799.

198. Das nächtliche Jawort, oder die Verlobung im Garten. Lustsp. in 1 A. vom Schauspieler Lücke. o. O. 1799 [2]).

199. Seydlitz und Julia. Militär. Trauersp. in 5 A. nach Friedr. Schulz bearb. von Ch. F. G. Kühne. Leipz. 1799.

200. Die silberne Hochzeit. Schausp. in 5 A. von Kotzebue. Neue Schausp. Bd. 3. Leipzig 1799. Nr. 1.

201. Der Tag der Erlösung. Originalschausp. in 4 A. von Fr. J. W. Ziegler. Wien 1799.

202. Ueble Laune. Schausp. in 4 A. von Kotzebue. Neue Schausp. Bd. 3. Leipz. 1799. Nr. 4.

203. Welche ist sie nun? Lustsp. in 5 A. o. V. ,Leipz. 1799.

---

[1]) Nicht Die Blinde. Vgl. Gödeke V. S. 260.
[2]) Verf. nicht bei Gödeke.

204. Deutsche Treue. Lustsp. in 2 A. o. V. Hambg. 1800.

205. Der Fremde. Lustsp. in 5 A. von Iffland. Leipz. 1800.

206. Frohe Laune. Schausp. in 5 A. von Ch. G. H. Arresto. Hambg. 1800.

207. Das Gedicht, oder die junge Schweizerin. Lustsp. in 2 A. von J. D. Falk. Wien 1800 ¹).

208. Der Schreibepult, oder die Gefahren der Jugend. Schausp. in 4 A., und

209. Der Gefangene. Lustsp. in 1 A. von Kotzebue. Neue Schausp. Bd. 4. Leipz. 1800. Nr. 2 und 3.

210. Wucher und Weibertrug. Lustsp. in 3 A. von Jos. Richter. Wien 1800.

211. Das Bouquet. Schausp. in 2 A. von Elise Bürger geb. Hahn. Sämtl. theatral. Werke. Lemgo 1801. Nr. 1.

212. Der Durchmarsch. Ländl.-militär. Singsp. in 3 A. von J. G. Schildbach. Wien 1801.

213. Das Epigramm. Lustsp. in 4 A. von Kotzebue. Neue Schausp. Bd. 5. Leipzig 1801. Nr. 2.

214. Herzensgüte. Lustsp. in 3 A. von L. F. v. Bilderbeck. Schauspiele, II; Leipz. 1801. II. Nr. 1.

215. Die Höhen. Schausp. in 5 A. von Iffland. Leipz. 1801.

216. Mutterliebe, oder: nicht General, nicht Graf, doch Korporal und brav. Lustsp. in 1 A. von S. F. Schletter. Gespielt 1801.

217. Mutterpflicht. Schausp. in 5 A. von L. F. v. Bilderbeck. Schauspiele 1. Bd. Leipz. 1801. Nr. 2.

218. Die Familie Lonau. Lustsp. in 5 A. von Iffland. Leipz. 1802.

219. Geistesgegenwart. Lustsp. in 2 A. von K. F. Hensler. Wien 1802.

220. Das Hochzeitsgeschenk. Lustsp. in 5 A. von Fr. Laun (Pseudonym für Friedr. Aug. Schulze). Pirna 1802.

---

¹) Fehlt bei Gödeke V. S. 549.

221. Die Narbe an der Stirn. Lustsp. in 4 A. von G. L. P. Sievers. Leipz. 1802.

222. Repressalien. Schausp. in 4 A. von Fr. J. W. Ziegler. Wien 1802.

223. Der Freiheitsspiegel. Dramat. Gemälde aus der neueren Zeitgeschichte in 5 A. von K. M. Plümicke. Berlin 1803.

224. Der heisse Tag, oder die Zeugen. Militär. Schausp. in 3 A. von J. G. Schildbach. Gespielt 1803.

225. Hugo Grotius. Schausp. in 4 A. von Kotzebue. Leipz. 1803.

226. Jedem das Seine. Lustsp. in 1 A. von Fr. Rochlitz. Züllichau und Freystadt 1803.

227. Die Männerfeindin, Schausp. in 1 A., und

228. Der Weiberfeind, Schausp. in 1 A. von Karl Koch. Hamb. 1803.

229. Dienst und Gegendienst, oder Walltrons zweiter Theil. Militär. Schausp. in 5 A. von J. G. Schildbach. Wien 1804.

230. Der Plan. Lustsp. in 1 A. von Ch. G. H. Arresto. Hamb. 1804.

231. Die Soldaten. Schausp. in 5 A. von Arresto. Hamb. 1804.

232. Der feindliche Sohn. Schausp. in 4 A. Fortsetzg. des vorhergehenden, von Arresto. Hambg. 1805.

233. Die Hausfreunde. Schausp. in 5 A. von Iffland. Berlin 1805.

234. Die Prüfung der Treue, oder die Irrungen. Lustsp. in 3 A. von Aug. Lafontaine. Dramat. Werke. Görlitz 1805.

235. Seelen-Adel. Schausp. in 2 A. von Jos. Casché. Wien 1805 [1]).

236. Das Sommerlager. Ländl.-militärische Oper in 3 A. von Joach. Perinet. Musik von Müller. Gespielt 1805.

---

[1]) Verf. nicht bei Gödeke. Siehe Verz. Nr. 242.

237. Die Tochter der Natur. Familienszene von Aug. Lafontaine. Dramat. Werke. Görlitz 1805.

238. Blinde Liebe. Lustsp. in 3 A. von Kotzebue. Neue Schausp. Bd. 13. Leipz. 1806. Nr. 2.

239. Die Brandschatzung. Lustsp. in 1 A. von Kotzebue. Almanach dramat. Spiele. 4. Jahrg. Berlin 1806. Nr. 5.

240. Der Degen. Militär. Schausp. in 3 A. Nach Bonel und Boirie von Ehrimfeld, Mitgl. des K. Nationaltheaters in Prag. Wien 1806.

241. Kinder und Narren reden die Wahrheit. Lustsp. in 1 A. von A. Bäuerle. Wien 1806.

242. Das Hauptquartier. Militär. Schausp. in 4 A. von Jos. Casché. Wien 1807.

243. Der Kommandant à la Fanchon. Heroische Posse von 1 A. in Knittelversen von Jul. v. Voss. Lustspiele. Berlin 1807. Bd. 1. Nr. 3.

244. Der Kriegsgefangene. Originalschausp. in 5 A. von F. K. Sannens. Gespielt 1807.

245. Der Deserteur. Posse in 1 A. von Kotzebue. Almanach dramat. Spiele, 6. Jahrg. Leipz. 1808. Nr. 6.

246. Der Eichenkranz. Schausp. in 4 A. vom Verf. des „Abällino" [Zschokke]. Neu bearbeitet von T. Fr. Ehrimfeld. Wien 1808.

247. Das Posthaus in Treuenbritzen. Lustsp. in 1 A. von Kotzebue. Almanach dramat. Spiele. 6. Jahrg. Leipz. 1808. Nr. 1.

248. Röschen Brand aus Gräfenthal. Gemälde aus der neuesten Zeitgeschichte in 2 A. von K. M. Plümicke. Neue Schausp. vom Verf. der „Lanassa". Berlin 1808. Nr. 1.

249. Die Unvermählte. Drama in 4 A. von Kotzebue. Neue Schausp. Bd. 14. Leipz. 1808. Nr. 1.

250. Loos des Genies, oder die alte Fabel. Lustsp. in 5 A. von Jul. v. Voss. Lustspiele Berlin 1809. Bd. 2. Nr. 1.

251. Der Pseudopatriotismus. Polit. Lustp. in 3 A. von Jul. v. Voss. Lustspiele Berlin 1809. Bd. 2. Nr. 2.

252. Grossmuth und Dankbarkeit. Schausp. in 1 A. von F. G. Hagemann. Neue Schausp. 2. Theil. Eisenach 1810. Nr. 3.

253. Beförderung nach Verdienst. Lustsp. in 1 A. von Jul. v. Voss. Lustspiele Bd. 6. Berlin 1811. Nr. 1.

254. Die deutsche Hausfrau. Schausp. in 3 A. von Kotzebue. Neue Schausp. Bd. 18. Leipz. 1813. Nr. 2.

255. Joseph Heyderich, oder deutsche Treue. Eine wahre Anekdote als Drama in 1 A. Februar 1813, von Th. Körner. Dramat. Beiträge Wien 1814. Bd. 2. Nr. 3.

256. Das Taschenbuch. Drama in 3 A. von Kotzebue. Neue Schausp. Bd. 22. Leipz. 1818. Nr. 2.

257. Die doppelte Komödie, oder Hindernisse. Lustsp. in 4 A. von Fr. J. H. Reichsgraf v. Soden. Theater, III. Aarau 1814—19. Bd. 3. Nr. 3.

258. Man soll die Wurst nicht nach der Speckseite werfen. Sprüchwortspiel in 1 Handl. von Jul. v. Voss. 25 Spiele nach deutschen Sprüchwörtern. Berlin 1822. Sprüchw. 14. Dies wurde erweitert zu:

259. Die Erbschaft aus Surinam. Lustsp. in 5 Abt. Neuere Lustsp. von J. v. V. Berlin 1823. Nr. 1.

260. Der Tagesbefehl. Drama von K. Fr. G. Töpfer. Spenden für Thaliens Tempel. Leipz. 1822. Nr. 1 [1]).

---

[1]) Vgl. Börne. Ges. Schriften. Neue Ausg. Hamb. u. Frankf. 1862. Bd. 4. S. 276 ff.

Register.

Druckfehlerverzeichnis.

S. 27 9. Zeile von oben: lies „seiner Schwester" statt „seine Schwester".

S. 36 12. Zeile von oben: lies „Schritte" statt „Schrite".

S. 45 17. Zeile von unten: lies „nur" statt „uur".

S. 59 16. Zeile von oben: lies „ansprechend" statt „aussprechend".

S. 63 8. Zeile von unten: lies „Es" statt „Er".